Lya Luft | O tigre na sombra

Lya Luft | O tigre na sombra

romance

EDITORA RECORD
RIO DE JANEIRO • SÃO PAULO
2012

CIP-BRASIL. CATALOGAÇÃO NA FONTE
SINDICATO NACIONAL DOS EDITORES DE LIVROS, RJ

L975t Luft, Lya, 1938-
O tigre na sombra: romance / Lya Luft. – 1ª ed. –
Rio de Janeiro: Record, 2012.

ISBN 978-85-01-40096-3

1. Romance brasileiro. I. Título.

12-6223   CDD: 869.93
                           CDU: 821.134.3(81)-3

Copyright © by Lya Luft, 2012

Capa: Leonardo Iaccarino

Texto revisado segundo o novo Acordo Ortográfico da Língua Portuguesa.
Direitos exclusivos desta edição reservados pela
EDITORA RECORD LTDA.
Rua Argentina, 171 – 20921-380 – Rio de Janeiro, RJ – Tel.: 2585-2000

Impresso no Brasil

ISBN 978-85-01-40096-3

Seja um leitor preferencial Record.
Cadastre-se e receba informações sobre nossos
lançamentos e nossas promoções.

Atendimento e venda direta ao leitor:
mdireto@record.com.br ou (21) 2585-2002.

*Se você olhar muito tempo para o abismo,
ele vai devolver o seu olhar.*
(Nietzsche, *Além do bem e do mal*)

Esta história se conta de um jeito diferente. Não é compacta. Não é linear. Como quase tudo neste mundo, não precisa fazer sentido. São fragmentos de um espelho onde dançam sombras que, mesmo quando parecem se fundir, mal se tocam.
Lya Luft
Gramado, O Bosque, 2012

*A todos os que me ensinaram
e ensinam
o valor dos afetos
que fazem de nós
— mais do que sombras —
pessoas.*

Sumário

1 | *Espelhos que observam*, 11

2 | *A menina da perna curta*, 25

3 | *Amores perturbados*, 63

4 | *O tigre espera*, 103

1 | *Espelhos que observam*

*No fundo do corredor
um espelho em pé é uma casa
de vidro;
um espelho deitado é um mar,
abismo.
Em ambos algo me observa
lambendo calmamente as patas.

Ele é a vida e a morte,
reais
ou com disfarces bizarros:
quem se importa com a verdade?
Ela é sempre invenção de alguém.

(E os olhos do meu tigre
são azuis.)*

Um homem tira o revólver da prateleira mais alta e coloca embaixo do travesseiro. E pensa antes de adormecer: Eu preciso ser alguém.

Uma mulher abre os olhos no escuro e pensa: Eu preciso encontrar alguém.

Uma mãe recebe nos braços seu bebê recém-nascido e não entende por que o rostinho dele está coberto por gaze.

Uma menina sonha que tem duas perninhas iguais.

•

(*Num quarto de hospital onde alguém vai morrer não há espelhos.*

A morte não precisa se enxergar.)

•

Eu observo e registro.
Eu falo e escrevo.
Eu sangro.

Sangro esta narrativa como se me escorresse dos pulsos abertos.

Quando estavam de bom humor os deuses abriram as mãos e despejaram sobre a terra os oceanos com seus segredos, os campos onde corre o vento, as árvores com mil vozes, as manadas, as revoadas — e, para atrapalhar tudo, as pessoas.

Mas onde está todo mundo? Buscando se anestesiar ou obter respostas, atrelados às mesmas incansáveis perguntas, como, quando, quanto, por quê, por que eu?

Eu, a menina da perna curta, falava com a menina do espelho e criava um filhote de tigre no fundo do quintal.

Quando lançaram a minha sorte os deuses estavam sombrios.

E assim começa esta complicada história.

•

Minha mãe, que não me amava, teve duas filhas:

A primeira chamou Dália, como num romance lido anos atrás. Queria dar a todas as filhas mulheres nomes de flor. Ela só desejava filhas mulheres. Meu pai concordava com tudo, e se quis um filho homem nunca disse.

Ela parou em Dália, que era alegre e doce, fácil de criar, a mãe dizia, e se tornou uma adolescente belíssima com olhos negros onde apareciam lasquinhas de ouro quando ela ria. A mãe amou aquela filha até o fim, por todos os descaminhos, com um amor obsessivo que acabou por a afastar.

Minha irmã sempre reclamou:

— Dália? Quem conhece essa flor? Só em romance antigo ou naqueles jardins do interior, coisa de velha, odeio meu nome de velha. — Mas acrescentava:

— Mas a nossa Vovinha é uma velha que eu adoro.
Todos adoravam nossa avó, tão diferente da única filha, nossa mãe. Gostava de usar grandes xales de seda colorida que meu avô marinheiro trouxera de alguma viagem; tinha uns olhos amarelados de gato que estreitava quando ia dizer alguma coisa importante, ou quando ria, ou quando estava refletindo.
(Ou quando me olhava rapidamente como a dizer, eu sei, eu sei.)

•

A segunda filha fui eu. A mãe me chamou Dolores. Nome escuro, de sombra e pranto, cheio de ôôôs lúgubres. Escolheu esse nome porque, dizia, sofreu muito para me botar no mundo. Eu lhe dei trabalho desde a hora de nascer, e sempre daria, porque nasci do jeito que sou.

Todos dizem "Dôda" porque minha irmã, muito pequena, não conseguia dizer Dolores, falava Dôda.

No colégio os meninos diziam Dôda, Dóda, Foda. Acabei me acostumando, mas sempre escrevo meu nome com acento circunflexo.

Eu era em tudo o oposto de Dália: rebelde, difícil, confusa, metida com meus devaneios, oscilando entre euforia e tristeza.

Além do mais nasci com esse defeito: uma de minhas pernas é mais curta do que a outra. Não é muito, mas eu ando de um jeito feio, levemente inclinada para um lado.

Para algumas pessoas, como minha mãe, esse defeito me classifica, como ter cabelo vermelho-escuro e olhos cinzentos. Só que é pior. Acho que ela nunca me perdoou por ser uma das tantas decepções que lhe vincaram a testa e baixaram os cantos da boca — que nunca sorria para mim.

●

Atrás da casa no fundo do quintal havia umas poucas árvores. Uma especial era a minha: ali eu me sentava para ler, brincar, não fazer nada. Mais tarde ninguém lembraria dela: pessoas têm memórias confusas.

Lá encontrei um gato aninhado entre raízes.

Me agachei, peguei no colo, era grande e pesado. Não era gato: era um filhote de tigre. Havia listras escuras, ainda pálidas, no seu pelo dourado. Mas não parecia perigoso. Então se enroscou no meu colo e ronronou.

Fui pegar pão e leite em casa, voltei tão depressa quanto conseguia, andar para mim não era como para as outras crianças. Ele não estava mais: larguei ali a latinha velha com a comida. No fim da tarde escapei da vigilância de minha mãe e voltei: a latinha estava vazia. O meu tigre tinha feito uma aliança comigo.

Não contei a ninguém. Se soubessem iam querer levá-lo para um zoológico.

Nem me ocorreu que não havia tigres em fundos de quintal (só, talvez, no fundo de um espelho), e que tudo aquilo era impossível. Como Vovinha, eu acreditava nos impossíveis. Ela gostava de dizer:

— Realidade? Bobagem. Cada um inventa a sua.

(Quase esqueci de dizer que meu tigrezinho tinha olhos azuis.)

●

Ainda menina descobri que os espelhos nos observam. Quando comentei todo mundo riu, era mais uma de minhas ideias loucas.

— Essa criança tem imaginação demais — diziam.

Vovinha não se espantou nem fez qualquer comentário.

Em meu quarto, separado de Dália quando ainda éramos meninas, porque, dizia nossa mãe, ela era objeto de cuidados especiais pois ia ser uma bailarina famosa, havia uma espécie de toucador com espelho. A gente puxava um tampo de mesa, e lá ficava eu fazendo tema ou desenhando.

Muito me olhei naquela superfície sem ondas: queria ver como os outros me enxergavam. Quem afinal eu era. As pessoas elogiavam meu cabelo ruivo escuro, liso e grosso, os olhos de um cinza muito claro. A boca, o nariz, nada era feio nem destoava.

Eu estendia as mãos, examinava o seu reflexo, eram bem bonitas.

(Sentada, não se viam minhas pernas.)

Certa vez tive a impressão de que a menina do espelho me observava. Fechei os olhos, larguei o lápis e saí do quarto sem olhar para trás. Eu só estava cansada, era isso. Era fantasia, era sonho.

Mas aquilo se repetiu e se tornou cotidiano: havia uma menina no espelho, igual a mim, mas não era eu. Sempre que ela fazia algo diferente de mim, ou claramente me observava, meu cabelo se arrepiava na nuca como os pelinhos dos braços — eu fechava os olhos e saía correndo, às vezes derrubando a cadeira, sem coragem de voltar a levantar.

Depois me acostumei, e nos observávamos mutuamente. No começo, em silêncio. Ela me imitava, mas inesperadamente fazia exatamente o contrário de mim, como ficar imóvel quando eu esboçava um gesto.

Fui perdendo o medo, que se transformou em curiosidade. Provocava:

— Eu vou sorrir agora. Duvido que você não sorria.

Um dia lhe perguntei, sem muita certeza de obter resposta:
— Como é o seu nome?
Foi muito esquisito ouvir a sua voz, quando ela respondeu:
— Ué, eu sou Dolores!
Retruquei:
— E eu sou Dôda. Com acento — acrescentei. — Circunflexo.
Ela deu uma risadinha:
— Eu sei.

Desde então, quando me olhava no espelho, ora eu via Dôda, ora enxergava Dolores. Frequentemente ela já estava ali à minha espera. Mas sumia tão depressa que nunca pude ver se tinha duas pernas retas ou rabo de sereia.

Às vezes ela me chamava e eu entrava para o lado de lá das coisas. Ali não era escuro nem perigoso. A gente podia brincar sossegada e inventar e fazer o que quisesse, sem ninguém para me controlar ou olhar com disfarçada pena. Lá eu era normal, caminhava direito e com leveza.

Podia até dançar.

A esse lugar chamei Casa de Dôda e Dolores.

•

Para narrar esta trama convoquei duas metades que formam uma só personagem, gêmeas siamesas que nem sabem direito por onde estão unidas, e não importa. Talvez unidas pela diferença: no espelho, Dolores, sensual, engraçada, às vezes maldosa. Ou imitando os passos de balé de minha irmã amada. Do lado de cá, eu, Dôda, a menina da perna curta, naquele desassossego querendo saber, entender, viver, e ser menos desajeitada.

Então eu era mais que uma, duas. Ou muitas, pois com o correr do tempo eu descobria, aqui e ali, dentro de mim e dos outros, alguém totalmente inesperado.

Não somos todos assim, certos e errados e bons e diabólicos e perdidos e reencontrados? "Eu sou muitos", disse o diabo que se enfiara num possuído.

Somos muitos.

Meu pai que eu amava tinha dentro dele um agressor violento.

Minha mãe que não amava ninguém não tinha sido amada.

Meu marido e eu dividimos cama, e mesa, e filhos, mas nem nos conhecíamos.

Ninguém sabe de ninguém: inventamos nossas parcerias.

Nos anos futuros eu teria dúvidas: Dolores era invenção minha, ou ela é que tinha me construído? Ninguém sabia da existência dela: nisso estava a graça.

Perguntei:

— Você estar aí dentro não é esquisito?

— O esquisito é o melhor — ela dizia —, ao menos a gente se diverte. O certinho é tão chato.

Era o tipo de coisa que minha irmã Dália também diria, com aquela risada gostosa que por muitos anos conservou, antes de começar a mudar.

•

Nossa mãe chama com sua voz impaciente, adora fazer isso quando estou feliz lendo ou pensando:

— Dália! Dôda! Corram!

Dália vai, leve e curiosa. Eu sigo atrás, quase sempre atrasada e facilmente cansada. Nossa mãe nem pensa em chamar com mais paciência sabendo que uma das filhas sofre para caminhar e receia cair, pois tenho pouco equilíbrio. Fotos minhas de infância exibem joelho ou nariz esfolados.

— Que foi, mãezinha? — diz Dália.

A mãe, abraçada a ela, me aguarda. Era para mostrar uma bobagem qualquer. Para Dália, nada de mais. Para mim, mais um inútil sofrimento.

Lembro minha irmã pequena pendurada no pescoço de nossa mãe, sentada em seu colo deixando-se pentear e vestir mesmo quase adolescente. Dália tinha aquele sorriso aberto e sedutor. Por algum tempo lutou para ser o que nossa mãe queria dela: uma figura de cera dócil e doce, boa de ser moldada. Isso tinha suas vantagens. Mas não duraria para sempre.

Eu em compensação fugia, resistia, teimava, esperneava, levava castigo, botava a língua, ficava dura e rígida, e, quando estava muito difícil de aguentar, eu desmaiava.

(Aquele breve morrer era o meu último refúgio.)

•

Cada vez que passávamos parte do verão na casa da praia de meus avós maternos, chamada Casa do Mar, como dizia uma placa velhíssima junto do portão, eu tinha aquele pesadelo: o mar invadia tudo. As ondas que quase chegavam ao gramado, separadas dele por uma faixa de areia, no sonho se tornavam monstruosas.

— Pai, existe maremoto?

— Existe.

— E pode acontecer aqui, na nossa praia?

O pai mal levantava os olhos do livro, espiava atrás dos óculos de míope:

— Pode acontecer em qualquer lugar.

Ele não sabia que estava dando uma sentença, provocando um maremoto na alma da menina: todo o mal era possível e podia estar perto.

— E a gente percebe antes?

— Acho que não.

Então em meus pesadelos eu via o maremoto, quando ainda não se falava em *tsunami*: a onda era da largura do horizonte, uma faixa escura crescendo, trovejando, e chegava na praia para arrasar as casinhas, a vida, levando de roldão cadeiras, mesas, pessoas. Eu e toda a nossa pequena família. E o meu adorado pai sumia no tumulto escuro.

Eu chamava pelo pai, tentava correr até as montanhas que se viam ao longe, mas falhava, perninhas desiguais. Era levada, rolada, sufocada, boca cheia de areia e conchinhas com aqueles seres vivos dentro se movendo.

Acordava num grito, os passos do pai, sua voz aflita, o que foi filhinha, outro sonho ruim? Me levava no colo para a sala, me consolava. Logo Vovinha me trazia chocolate quente. Para ela, boa parte dos males do mundo se resolveria com um bom chocolate quente.

Nela eu confiava, então em outra ocasião contei:

— Vovinha, de noite antes de dormir eu escuto gente, vozes, elas falam, falam, mas não entendo direito, não sei o que dizer.

— Não se preocupe — ela não se alterou. — São os afogados. Eles vivem no fundo do mar, tarde da noite vêm para a beira da praia, sentam nas pedras olhando as luzes das casas. Não fazem mal a ninguém.

— Mas Vovinha, se não entendo o que dizem, o que é que eu devo fazer?

— Não tem que fazer nada. Eles só precisam de quem os escute.

— Às vezes me dá medo.

— Bobagem, menina. A gente não precisa ter medo das criaturas do mar. Nem de fantasma. Tem que ter medo é das pessoas.

Dália e minha mãe não gostavam muito de lá, às vezes ficavam em casa, na cidade, então a Casa do Mar era só minha.

Meus avós e minha mãe não pareciam pais e filha; nem pareciam parentes; nem eram amigos. Eram como conhecidos que não têm quase nada em comum. Eu me sentia muito mais ligada a minha avó do que a minha mãe. Vovinha era capaz de abrir a porta de casa usando uma daquelas máscaras bizarras.

Minha mãe detestava:

— A gente passa vergonha.

Vovinha parecia não se incomodar.

Nunca se comentava nada sobre a família de minha avó, apenas que não era da cidadezinha, nem de perto, vinha de muito longe. Alguém certa vez deu a entender que era de origem simples, filha de pescadores, coisa que minha mãe sempre negou enfaticamente.

— Vovinha, como é que vovô te conheceu?

— Ele me achou no mar — ela brincava.

Para mim aquilo era o mais plausível.

•

O mundo adulto que Dália achava uma chatice me encantava e assustava um pouco também. Os gestos disfarçados de raiva ou mágoa, os olhares rápidos e venenosos ou encantados, e as palavras. Ah, as palavras como plumas ou punhais. Eu as observava jogadas de um lado para outro durante o almoço em família que meu pai gostava de promover, aqueles tios, e tia, e algum amigo, às vezes meus avós.

Meu nariz mal chegava à tampa da mesa onde a verdade naufragava e emergiam os fingimentos.

Mas o mais interessante eram os silêncios. No silêncio tudo pode acontecer. Quem sabe o que se move em salas vazias, nas casas abandonadas, no fim de um corredor, quando não há ninguém?

É como no mar: ninguém consegue imaginar o que existe lá embaixo, coisas que nenhum mergulhador ou instrumento pode detectar: uma realidade mais real que todas.

Ou como num espelho em que não se enxerga uma perninha mais curta, e ela não significa nada — porque ali pulsa uma outra realidade.

•

Dôda e Dolores são duas.
Sou duas.
A transgressora que abre braços e pernas e se derrama de dentro do obscuro caldeirão das minhas fantasias, e a cumpridora que aqui não sabe viver. Dolores sempre espreitou tudo, rindo sozinha. Dôda morria a cada hora, de abandono e rejeição.

Dolores botava a língua para as professoras quando estas não viam, errava até na ortografia, de propósito, para enfrentar ao menos assim toda aquela autoridade que não lhe deixava uma frestinha para respirar.

Dôda não quis aprender a arrumar a cama sem deixar uma ruga, a bordar sem que aparecessem nós no avesso, a caminhar comedidamente, a não rir alto, a ser como todas as meninas comportadas que davam alegria a suas mães.

Dolores e Dôda foram me criando, traço a traço, ponto a ponto, como o boneco que desenhei para meus filhos pequenos e minha avó Vovinha desenhava para mim: ponto, ponto, vírgula, risquinho... em torno um círculo, aqui e ali uma orelha pequenina... em cima o cabelinho, e pronta está a minha menina!

2 | *A menina da perna curta*

*Nasci fora do esquadro
um pedaço de mim
está sempre sobrando.
Não sei caminhar direito
nem depressa: então
pedi para voar.
(Mas asas se partem,
asas
pedem elegância.)*

*Melhor fechar os olhos
e deixar que as ondas
me carreguem:
vou poder dançar com os afogados
e as criaturas do mar.*

Desde que me lembro alguma coisa em mim dói. Sentar muito tempo era doído, deitar tempo demais também, ficar de pé me cansava logo, e caminhar era meio perigoso: eu tropeçava muito, tinha pouco equilíbrio.

Nunca me contaram direito a origem dessa minha deficiência física: minha mãe dizia que eu tinha nascido assim, por azar dela, mas havia quem dissesse que ela tinha me deixado cair logo nos primeiros dias. Uma de minhas pernas era mais curta do que a outra. Não era propriamente um aleijão, mas me tornava diferente. Meu corpo entortado. Meu andar feioso, e a minha parceira, a dor.

— Para de gemer — minha mãe dizia. — Para de fazer cara de vítima.

Meu pai às vezes intervinha:

— Para de atormentar a criança.

Mas ele não tinha poder.

Na infância tentaram uma cirurgia que não deu certo, coisa que os médicos tinham previsto mas minha mãe insistiu, Deus haveria de lhe dar uma filha sem defeito. Daquela cirurgia inútil guardei também duas longas cicatrizes na perna insuficiente.

Lembro do cheiro de hospital, mistura de éter e remédios. Depois a perna presa em ferros, intermináveis fisioterapias que me faziam chorar, e a obsessão de minha mãe para que eu fizesse tudo direito e logo ficasse normal.

Ela queria uma filha normal.

Eu nunca fiquei normal.

Ela estava cumprindo seu dever de mãe, dizia quando eu me rebelava. Nunca deixaria de mencionar o quanto se sacrificava por mim, e no quanto foi prejudicada pelas despesas comigo, porque meu pai pagou médico particular, hospital particular, gastando o dinheiro guardado para uma viagem com ela.

O sonho maior de minha mãe eram viagens. Para lugares distantes, fascinantes, como aqueles de que seu pai marinheiro falava: onde para ela tudo era sofisticado, chique, como dizia, o melhor dos mundos. Que ela merecia conhecer. Sonhava com isso, pensava nisso boa parte do tempo de sua vida frustrada.

Volta e meia dizia:

— Minha amiga foi para a Europa.

— Nossa vizinha voltou de Nova Iorque.

— Só eu não conheço nada do mundo.

O pai dizia, tentando ser paciente:

— O que você quer que eu faça? Trabalhe mais do que trabalho? E qual o problema com minha profissão? Escritório de contabilidade: por que não? Por que não podemos ser felizes aqui, em casa, e na casa de teus pais na praia, com nossas filhas, nossa vida simples mas boa?

Minha mãe odiava o simples mas bom.

•

Meu pai ia ao hospital sempre que podia, sorriso largo, beijo emocionado, e presentes de que eu mais gostava: livros. Às vezes, bombons.

— Você quer que além de deficiente ela fique gorda? — minha mãe perguntava.

E ele disse, severo como não costumava ser:

— Não diga isso da nossa filha. Dôda não é deficiente, não do jeito que você fala.

Meu avô e Vovinha vinham me ver, vovô numa das visitas trouxe uma concha que parecia uma flor.

— É raríssima, eu trouxe de muito longe, um dia te conto — disse meu avô, sem o cachimbo porque estávamos no hospital. Eu a peguei com cuidado, olhei contra a claridade da janela: era quase transparente nas bordas crespas.

Até hoje eu a deixo em algum lugar onde a enxergue.

•

Meus pais se amavam de um jeito incompreensível. Um jeito doente, torto. Ali havia mágoa, raiva, revolta, submissão, mas algo mais que os mantinha unidos, desses laços que fazem com que pessoas se maltratem mas não consigam se largar.

Nossa mãe criticava e humilhava o marido mesmo na frente de outras pessoas, para ela não fazia diferença ter espectadores ou não. Dizia que se tivesse imaginado como seria o casamento teria saído correndo em outra direção. Nunca a vi tratar meu pai com ternura: para ela era um fracassado, sem ambição, que gostava de ser como era, gostava da vida que podia ter e nos dar, gostava do trabalho em seu pequeno escritório de contabilidade.

Dizia:

— Você nunca procurou ser alguém na vida.

A gente não entendia direito, ele fingia nem ouvir, mudava de assunto ou se afastava. Mas eventualmente tinha rompantes de violência, gritava, às vezes havia lágrimas em seus olhos. Depois ia beber sozinho no pátio.

Eu sofria. Amava os dois. Meu pai, com uma confiança absoluta. Com minha mãe era afeto com raiva, ali eu buscava em vão uma figura amorosa.

Minha irmã não dava importância:

— Eles são assim, deixa pra lá. Gente grande é muito louca. Por isso eu nunca vou me casar.

Quando me queixei a Vovinha das maldades de minha mãe, ela assumiu a culpa:

— Criei essa minha única filha para ser uma princesa, e nisso errei. Teve vários namorados, mas nenhum servia. Um falava errado, outro era gordinho, outro não tinha ambição, e assim por diante. Por fim casou com seu pai, que é um bom homem, mas não traz sua mãe com rédea curta como precisava. Cansei de lhe dizer. Mas ele não consegue.

— Eu acho que a mamãe não é má, ela só é muito exigente, critica tudo, se queixa de tudo, acha tudo ruim.

Minha avó retrucou com um meio sorriso:

— Para algumas pessoas a vida corre pelo avesso.

•

Nossa mãe nunca falava da infância ou adolescência, como as mães costumam fazer, sobretudo com filhas mulheres, criando esses laços sutis que passam de uma geração a outra, as histórias da avó menina, da mãe criança. Nem queria que se tocasse no assunto. Acho que não se sentia a filha princesa de que falava nossa avó. Pois quando Dália já adulta insistiu no proibido assunto, indagando como tinha sido em menina, nossa mãe só respondeu:

— Sozinha.

Depois revelaria ainda que nas longas ausências do marido nossa avó muito se deprimia, se fechava no quarto, a menina ficava entregue a empregadas, vizinhas, até que, voltando o marinheiro, a vida recuperasse alguma normalidade.

•

Eu escutava o mar na casa da cidade. Devia ser imaginação, pois dali até a praia era quase uma hora de carro, ou era apenas o vento nas ramagens. A casa de subúrbio tinha quintal, no fundo aquele bosquezinho de que Dália dava risada:

— Dôda, eram três árvores sem graça nenhuma!

Vovinha me explicaria que ali ficava a minha árvore dos sonhos. Todos têm um sonho que pode ser uma árvore, um barco, uma pessoa, um lugar, ou uma nuvem. Ali se sentem bem, ali desabrocham de jeitos que ninguém de fora enxerga.

— Aquela árvore era seu lugar de sonho — Vovinha disse.

— Você sentava ali embaixo, sua mãe corria para botar um pano a fim de que não entrassem insetos em você, minha filha tinha essas ideias malucas. E lá ficava você, com livros de figuras quando pequena, depois com seus outros livros, ou não fazendo nada: olhava o nada, o que é muito bom. Não importa se para sua irmã eram só umas árvores bobas. A sua árvore dos sonhos estava lá.

•

Mar havia onde moravam meus avós maternos, uma casa esparramada, de madeira, que rangia quando o vento soprava forte, com muitos quartos e um eterno cheiro de maresia que eu adorava. A Casa do Mar. No fim de tudo, ela acabaria sendo o meu legado.

Eles tinham um bom apartamento na cidade, mas àquela altura usavam pouco. A vida deles era na praia. A cidade iniciara como aldeia de pescadores, onde a casa de meu avô se destacava quase como uma fortaleza. Aos poucos as casinhas foram substituídas por casas de veranistas, algumas até luxuosas, agora a Casa do Mar era quase um objeto estranho ali.

Meu avô tinha sido marinheiro, depois fora dono de uma pequena frota de barcos de pesca, e enquanto teve saúde invariavelmente comandava um deles. Seu espírito aventureiro não lhe permitia ficar em casa muito tempo.

•

Entre a praia e o horizonte uma ilha se erguia do mar, redonda e não muito grande. No alto dela um pequeno farol. O faroleiro morava na única casinhola da ilha, sozinho, sem ninguém mais. Corriam muitas histórias sobre ele, que todos conheciam como João do Farol. Ele vinha muito pouco para a terra no seu barco, para fazer compras.

Por algum tempo teve uma mulher. Muito branca, cabelo cor de manteiga, quase nunca vinha para a aldeia e não falava com ninguém. João do Farol não respondia a nenhuma pergunta sobre ela. A mulher desapareceu: também isso ele nunca explicou nem permitia que indagassem. Os que passavam perto em seus barcos nunca mais a avistaram, e era costume dela sentar nas pedras ou ficar no alto do farol como se procurasse alguma coisa longe.

— Voltou para o mar — disse Vovinha.

— Para o mar? — perguntei, e ela respondeu naquele seu jeito direto:

— Eu sempre achei que aquilo tinha vindo do mar.

— Uma sereia? — arregalei os olhos.

— Sereia não. Uma criatura do mar. — E fez aquele ar de quem encerra o assunto.

Mais tarde João do Farol também sumiu.

— Ficou doente?

— Caiu do Farol?

Ninguém sabia. Simplesmente nunca mais apareceu, farol apagado. Foram ver, procuraram, mas nada além do bote amarrado no minúsculo píer.

— Foi se encontrar com a mulher — concluíram.

O farol foi desativado: meu avô comentou que as rotas dos barcos maiores estavam mudando.

•

Eu adorava o meu avô com suas muitas histórias, sua barba branca e seu cachimbo. Morreu quando eu já era adulta, e lembro dele quase todo dia, a risada um pouco rouca, a barba macia, o aroma de cachimbo e maresia. Lembro o que me contava sobre o seu tempo no mar, os lugares que tinha conhecido, de onde trazia presentes para Vovinha.

Aninhada a seu lado na rede da varanda eu dizia:

— Vovô, sua barba tem cheiro de mar.

Quando ele ria as ruguinhas nos cantos dos olhos se acentuavam. Ele se divertia comigo. Junto dele era bom estar. Certa vez, logo depois de minha mãe ter brigado comigo pela minha falta de jeito, ele me levou para a rede:

— Você sabe que muitos marinheiros já viram sereia de verdade?

Levantei os olhos:

— E você viu, vovô?

Ele pensou um pouco e disse:

— Não vi, mas ouvi. Elas cantam. Têm uma voz maravilhosa. Elas não têm pernas, você conhece das figuras. Só um rabo como de peixe. Mas todo mundo é doido por elas, caminhar não lhes faz nenhuma falta.

Ficamos os dois em silêncio.

Eu era pequena e tinha muitas perguntas:

— Vovô, as ilhas flutuam na água ou ficam presas no fundo?

Ele achou muita graça.

— Logo você vai aprender isso no colégio, mas lá também ensinam muita bobagem. Ilhas são pontas de montanhas submersas. Montanhas como aquelas que a gente vê ali ao longe.

— Ele apontou para o horizonte atrás da casa.

Fiquei imaginando o universo submarino, reprodução desse em que vivíamos ali em cima.

— Mas então lá também tem casas, cidades e ruas?

— Tem cavernas. As pessoas vivem em cavernas.

— E são gente como nós?

— Não, filhinha, são os afogados e as sereias. — E acrescentou com um sorriso cúmplice, baixando a voz: — Não conte pra sua mãe, ela vai dizer que estou ficando doido.

Aquilo era tão incrível, mas ele tão enfático, que não perguntei mais nada: nenhuma explicação devia quebrar aquele encantamento.

•

Foi meu avô quem me ensinou a nadar. Na água minhas duas perninhas pareciam iguais, eu me movimentava leve e solta, e logo nadava bem, ia com ele até o fundo. Meu pai aplaudia da varanda, Vovinha gritava alegre na beira da água, minha mãe sacudia a cabeça, achava aquilo mais uma loucura de meu avô.

Ele também me ensinou que quando a onda parece grande demais a gente se encolhe e deixa que passe por cima. Eu muitas vezes nadaria sozinha naquelas águas quando adulta, feliz ou dilacerada, e lembraria, vida afora, a lição de me recolher quando a onda fosse poderosa demais.

(Nem sempre deu certo.)

•

Minha mãe anda comigo numa calçada, numa praça, numa loja. Está sempre com pressa:

— Caminha direito, menina.

— Mas, mãe, eu não consigo andar direito.

— Então caminha menos torto.

Eu me esforçava, segurando o choro e a raiva.

Muitos tantos anos depois, alguém me disse com ar de pena:

— Você não se culpe por ter raiva de sua mãe às vezes. Ela não gosta de você.

— Não diga uma coisa dessas! — protestei, com veemência porque podia ser verdade, mas a pessoa insistiu tranquila:

— Acredite, é isso mesmo. Eu sei porque vejo o jeito como sua mãe te encara quando você não está vendo. É um olhar da mais profunda reprovação.

•

(*Um telefonema de um hospital avisou que ela estava lá e queria me ver. A voz acrescentou:*
— *Diz que não tem mais ninguém.*
Anotei endereço e número de quarto mas decidi que não iria: o sentimento quando vira do avesso é uma flor maligna.)

•

A vida que imaginamos é uma casa transparente sem janelas nem saídas. A gente a constrói com palavras e silêncios, abraços e afastamentos, uma vida paralela a isso que parece o concreto cotidiano. Ali o amado não entra, a amada fica de fora, sombras e luzes como espectros dançam e acenam.

Fora dessa casa de vidro existe outra vida, que chamamos real. Com pão e manteiga, aroma de café, lençóis úmidos de sexo, filhos correndo, pais envelhecendo, contas a pagar, cargos a ocupar, nomes e marcas e tráfego e sonhos e consumo, e sonhos de consumo.

E dor.

•

Eu era uma menina cheia de problemas: tinha acessos de fúria ou de alegria sem explicação, vivia distraída, e ser chamada de volta para a realidade me deixava num humor horrível. Ora queria dançar e voar, ora achava que me arrastava desajeitada e feia. Na hora de dormir tinha pesadelos, caía da cama, assustava Dália, por isso cedo nos deram quartos separados. Eu achei bom porque podia brincar diante do espelho, dentro do espelho, não importava.

Minha mãe mesmo depois de velha desfiava suas queixas: todo dia tinha aguentado minhas malcriações, eu era respondona, botava a língua para ela; sofria de anemia, febres inexplicadas, desmaios, eu desmaiava a toda hora.

(Para ela, era puro fingimento.)

Quando algo me aborrecia demais, ou me assustava muito, eu me enfiava naquele funil por onde descia, descia, e acabava no chão. O médico de família, figura bonachona que ia de pediatra a obstetra, dizia com sua voz cansada (mas comigo sempre parecia meio divertido) ao meu preocupado pai:

— Meu caro, prepare-se. Essa sua filha é uma artista. Tem uma imaginação muito ativa, e vai te dar trabalho. No geral, tirando o pequeno defeito, a saúde é muito boa. Mas essa cabecinha...

Além de tudo eu me recusava a fazer o que, com ou sem defeito, se esperava das boas meninas: fazer alguma coisa útil. Não pode dançar, mas pode bordar. Não pode correr, mas pode cozinhar. Pode jogar cartas com a mãe e as amigas quando uma delas falta. Eu, por natureza ou para não me deixar escravizar, recusava. Se era obrigada fazia tudo errado, para que desistissem. Com o tempo desistiram, essa menina não tem jeito mesmo.

Mas até lá, já na adolescência, brigas frequentes, gritos, lágrimas, às vezes castigo.

Minha mãe repetia:

— Essa aí, que dizem ser tão inteligente, nem conhece os naipes num baralho.

(A perna curta ela deixava nas entrelinhas.)

A mãe tinha razão. Eu nem conhecia os naipes do baralho que ela curtia com amigas, não poderia nunca dançar nem correr, nem seria elegante ou bonita. Não ia namorar, casar, ter lindos filhos.

Quem ia querer uma moça assim meio tortinha?

Então me preparei para ser algo que não exigisse boas pernas, beleza e saúde. Podia ser pintora, escritora. Contadora, como meu pai. Advogada, como um dos tios.

Num daqueles ruidosos almoços de família minha irmã anunciou algo que não havia me contado ainda: seria uma bailarina clássica famosa. Minha mãe confirmou abrindo um raro grande sorriso, acabava de matricular a filha perfeita numa escola de dança.

Meu coração saltou na boca, por que a mim ninguém perguntou se eu também queria? Mas logo reconheci a tolice, como uma menina meio aleijada poderia dançar?

Alguém lembrou de me perguntar:

— E você, Dodinha, o que você quer ser quando crescer?

Eu então disse:

— Quero ser entendedora do mundo.

Os adultos sorriram com aquele ar de quem vê um bicho interessante num zoológico.

Tia Carola perguntou:

— Mas que faculdade você vai fazer pra isso?

Respondi:

— Eu vou ler todos os livros.

Meu pai veio em meu socorro:

— Isso mesmo, Dôda, mas cuidado, minha flor, não acredite em tudo que está nos livros, nem pense que tudo está nos livros.

Ele foi a única pessoa no mundo a me chamar de "minha flor" — embora a flor fosse Dália.

Quando chegava o tempo de escolher uma faculdade, cheguei a dizer, para agradar meu pai, que pensava em Ciências

Contábeis, ia trabalhar em seu pequeno escritório. Seria uma forma de nunca me afastar dele.

— Não faça isso — ele respondeu com firmeza. — Você detesta números, é péssima nisso. Vá fazer alguma coisa que lhe dê alegria, onde possa usar sua inteligência, sua imaginação, como filosofia, sociologia, artes, direito, sei lá. Mas não faça como eu, minha flor: não se boicote.

•

Desde menina sofri de insônia. Minha mãe não acreditava, dizia:

— Criança não tem insônia.

Seu diagnóstico quando se tratava de mim era inevitavelmente:

— Tudo mania, tudo invenção dessa menina. Só pra me aborrecer.

Quando o medo aumentava e a noite lá fora parecia um mar morto, eu abria a porta com cuidado para que a mãe, de ouvido alerta e voz áspera, não me viesse interpelar. Vagava pela casa, descalça, bom sentir as tábuas do assoalho nos pés nus, geladas no inverno de geada crepitando na grama, mornas no verão de grilos e cigarras. Andava pelo corredor, sentava na sala, dali espiava o quintal, o gramado. Nos cantos enxergava meus parceiros da noite, rostos vagos com olhos tristes. Às vezes algo rosnava embaixo do sofá.

(Não era um filhote de tigre com olhos azuis.)

Eu voltava para a cama correndo.

Certa manhã muito cedo meu pai me encontrou dormindo numa poltrona:

— O que foi, minha flor, virou sonâmbula?

— Não, pai, acordei mais cedo.

Era mentira para o tranquilizar, e ele fingia que acreditava. Mexia no meu cabelo, dizia:

— Vem, vamos tomar café só nós dois, antes que o pessoal acorde.

Àquela hora os fantasmas se recolhiam, viravam novelinhos de poeira embaixo dos móveis, e os rosnados embaixo do sofá cessavam.

— Pai, a professora não gosta de mim.

— Que bobagem, florzinha, por que você acha isso?

— Porque ela diz que eu só faço pergunta boba de propósito para atrapalhar a aula.

— Não dê bola. Você é diferente da maioria das crianças, porque é muito mais inteligente, muito mais esperta.

E assim eu me destacava não só pelo meu defeito: e um pouco eu me sentia salva.

(Porque eu não sabia de nada.)

•

Minha mãe lidava com alguma coisa na pia do banheiro, de costas para mim, eu sentada numa banquetinha, só olhando para ela, adorando, como fazia tantas vezes quando era bem pequena. Era um amor patético, eu adorava a mãe que não me amava — mas eu ainda não havia entendido isso. Perguntei o que era aquilo num pequeno pote em suas mãos.

Ela, sem se virar, disse:

— É perfume.

— Muito cheiroso?

Ela se virou, rápida, sem hesitar estendeu a mão com o potinho plástico cheio de um líquido incolor, botou debaixo do meu nariz e disse:

— Cheira.

Aspirei fundo, bem fundo. Só recuperei a consciência na cama, meu pai inclinado sobre mim, chamando meu nome.

No potinho havia amoníaco puro.

Ele disse com muita raiva:

— Mas como você pôde? Que coisa mais cruel! A criança chegou a desmaiar!

Minha mãe sacudiu os ombros, não se abalou:

— Quem manda querer meter o nariz em tudo? Que sirva de lição.

E saiu do quarto.

•

Porém, talvez arrependida por um amor que não conseguia me dar, inesperadamente ela me cercava de um carinho desajeitado, e nenhuma de nós sabia direito o que fazer. Me criticava menos, até elogiava, me abraçava rápido, mas era como um papel para o qual não tivesse ensaiado.

Eu, tudo o que queria era a sua aprovação, e me sentir acolhida e aprovada como Dália, que mais tarde se rebelaria. Mas essa aproximação minha mãe e eu nunca tivemos.

Normalmente o que eu ouvia dela era:

— Senta direito. Não fica tanto no sol. Não lê demais ou ainda por cima vai ter de usar óculos. Não caminha assim. Não usa essa palavra. Não dorme demais. Não come demais. Olha os modos. Cala a boca. Não responde. Vai pentear seu cabelo. É vermelho mas ao menos tem de estar bem penteado. Olha a mancha no seu vestido. Você é sempre desajeitada. Nunca faz nada direito.

Meninas da vizinhança diziam com a sinceridade cruel das crianças:

— A gente não gosta de vir brincar aqui, sua mãe é muito chata.

Memórias ou invenções, palavras, quem disse isso, quem disse aquilo? Voz de homem, de mulher? Voz de criança: o anel que tu me deste. Mas foi minha vida que se quebrou. Vozes na ciranda no pátio num entardecer de verão, conseguir acompanhar, fazer parte, mas alguém foi ao chão, uma vez e outra vez, e a frase queimou como fogo:

— Sai da roda, sai da roda, você só está atrapalhando!

•

Alguns fins de semana eu era mandada para o sítio de uns amigos. Minha mãe precisava descansar, meu pai dizia, estava nervosa (eu a deixava nervosa), sozinha com Dália poderia ter paz. Eram gente simples do interior, que eu sempre achava incrivelmente alegres e bondosos e felizes.

Mas eu não queria ir. Eu odiava ir.

Por nada no mundo queria ser mandada embora, e ter um defeito físico tornava isso ainda mais doloroso. Choradeiras infinitas, pai fraquejando, mãe irredutível:

— Deixa de fazer fita, menina, vai ser ótimo, no sítio tem cavalinho, ovelha, galinha. E você bebe leite tirado na hora — ela sabia o quanto eu tinha nojo de ver leite sendo tirado da vaca.

O trajeto de menos de uma hora, em prantos e súplicas:

— Pai, me leva pra casa, eu não quero ficar no sítio.

Ele segurava firme a direção do carro, olhava em frente, nessas horas não fazia nada para me consolar. O amor dele por mim tinha acabado?

Depois em lágrimas, abraçada pela dona do lugar, rodeada pelas suas crianças de bochechas vermelhas, eu via o carrinho azul do pai se afastando pela estradinha de terra. Para mim, era como se a vida fosse embora com ele, eu ali suspensa, uma casquinha largada no mato.

Aquela boa gente procurava de todos os jeitos me alegrar. Me levavam para ver os patinhos, os porquinhos, para andar de charrete, mas eu era só mágoa. Em raros momentos conseguia brincar com eles. Escutava fragmentos de conversas dos adultos condoídos, coitadinha, tão pequena, morre de saudade. Mas também, com aquela mãe...

As pessoas não gostavam muito de minha mãe, falas adultas ouvidas ao acaso a descreviam: arrogante, nariz empinado, se acha melhor que todos, critica tudo o tempo inteiro.

— Pobre marido — diziam também.

Mais tarde Vovinha passou a me resgatar: sempre que minha mãe estava nervosa e cansada ela me levava para a sua Casa do Mar, onde eu podia ser eu e minha perna doente não ficava fora do esquadro.

•

Na sala de Vovinha rebrilhavam em mil cores xales de longas franjas, sedas com desenhos ou bordados, estatuetas esquisitas, nas paredes delicadas ou bizarras máscaras que meu avô tinha trazido. Conchas transbordavam de um enorme cesto num canto.

Ali a ordem era a do inusitado.

De todos os aposentos se via o mar bem perto. Na maré alta a espuma chegava ao pequeno gramado entre a casa e a areia. Ao lado, enormes pedras onde eu gostava de me sentar olhando o vasto espelho móvel que rebrilhava na superfície ou batia nas pedras, violento. E no escuro mais abaixo guardava coisas que ninguém sabia.

Lá eu ficava feliz até minha mãe chamar:

— Onde você se meteu de novo, menina? Entra, vem logo, está ficando frio e você pra variar vai ficar doente! E eu é que vou ter de aguentar.

De vez em quando minha avó nos recebia envolta num daqueles xales ou com uma daquelas máscaras.

Nós, crianças, adorávamos.

Não conheci ninguém como Vovinha.

Quando ficava muito difícil suportar a vida com minha mãe, mais de uma vez eu lhe pedi:

— Me traz pra morar aqui com vocês. Tem até colégio aqui perto, eu já vi.

Ela me abraçou, mudou de assunto, me enfeitou com sedas e pentes de cabelo de madrepérola, colares de coral e turquesa, me fez sentir bonita, quase perfeita.

Disse, e acho que tinha combinado isso com o vovô:

— Você parece uma princesa do fundo do mar.

•

Brinco no jardim não muito cuidado atrás da Casa do Mar, buscando pedrinhas coloridas, besouros, um impossível beija-flor. Deparei com um arbusto coberto de flores brancas, que chamávamos véu de noiva. Vistos bem de perto eram mínimos buquês de mínimas florzinhas. Me ocorreu apanhar algumas e levar para minha mãe.

Enfio o rosto naquela espessura sedosa e fresca, o que haveria ali atrás no verde mais escuro? Havia um enxame inteiro de vespas que me atacou, grudou no meu rosto, picando ferozmente. Escutei meus próprios gritos desesperados, meu avô me pegando no colo, compressas molhadas na cara, e a voz irritada de minha mãe:

— Era só o que me faltava! Por que tinha de se meter no meio daquelas flores? Você só me causa problema! Se eu tivesse duas feito você, me matava.

•

Na escola eu também tinha dificuldades, sobretudo para ficar quieta, ficar atenta, não rir fora de hora, e isso a que chamavam "as coisas lógicas", e "as regras": um universo de deveres que para mim não fazia sentido, atravancado de obstáculos e de um tédio colossal, que para mim era estudar e aprender o que não me interessava.

Por exemplo: números e coisas exatas eram esforço inútil e humilhação.

— De que me adianta saber se tantos operários colocando tantos metros de trilhos a cada tantas horas vão levar tantos ou tantos dias para colocar tantos quilômetros? — perguntei a meu pai, e depois, na praia, a Vovinha.

Ele veio com uma explicação sobre a necessidade de saber essas coisas para no futuro resolver outros problemas práticos na vida. Mas minha avó concordou logo comigo que era tudo tolice.

Ninguém sabia dar uma resposta sensata. A verdade era que eu precisava resolver os problemas, as notas eram ruins e meu pai se aborrecia. Tudo, menos aborrecer aquele pai.

— E se alguém um dia descobrir que dois mais dois não é sempre quatro, mas pode ser quatro vírgula um, ou três vírgula nove? — eu disse na aula.

A professora olhou o teto suspirando, como quem diz, lá vem ela de novo. De novo eu atrapalhando com alguma pergunta disparatada. Ela não respondeu, mas eu concluí ainda em voz alta:

— Aí sim, que o mundo vai ficar interessante!

●

Eu gostava quando meu pai chamava seus irmãos, e sua irmã Carola, e algum amigo, e fazia churrasco no pátio atrás da casa. Apesar de parecer resignado, havia nele uma vitalidade boa, desejo de alegria, de comida boa, de boa bebida, de bom afeto. Minha mãe detestava, para ela tudo era uma trabalheira, ela sem empregada, montes de louça, gritaria, bebedeira. Teria de cuidar da salada, da louça, limpar a sujeira.

Ela não pensava na alegria, pensava na sujeira.

Era uma das poucas coisas em que meu pai se impunha:

— Você prefere que eu vá me divertir fora de casa? Me deixa ao menos a alegria de chamar meus irmãos. Tão raro conseguir reunir minha família.

Ele não tinha os pais, mas ao contrário de minha mãe tinha vários irmãos, alguns moravam no interior. Eram grandes, barulhentos, alegres, suados e ricos. Já adolescente entendi por que raramente traziam as mulheres, quando nossa mãe comentou:

— Todos esses irmãos e cunhadas de seu pai cheiram a estrume. Gente vulgar.

Dália retrucou rindo:

— Que loucura é essa, mãe. São fazendeiros, um advogado, gente com muito dinheiro.

— Cheiram a estrume.

— Mãe — objetei —, as tias compram roupa em Nova Iorque, vão todo ano pra Europa...

— Cheiram a estrume e são vulgares.

Para ela o assunto estava encerrado, ela decidia tudo. Não havia como argumentar. Gostava de repetir para meu pai que todos os irmãos dele "apesar de serem gente tosca pelo menos se fizeram na vida".

Ele retrucava:

— Menos eu, que só tenho um pequeno escritório de contabilidade, e te dou essa vida miserável.

Nesses animados encontros quase sempre vinha tia Carola, de quem Dália e eu gostávamos muito, porque ela desafiava minha mãe apenas com um olhar e não lhe dava a menor importância. Tia Carola era muito alta, muito magra, muito ruiva, se vestia de um jeito diferente, usava cabelo bem curtinho e espetado. Era divertida. Contava histórias de viagens loucas com uma amiga, as duas de mochila pedindo carona.

Às vezes a amiga vinha junto, morena um pouco gordinha, meio triste, que fumava sem parar. Comentavam que era namorada de tia Carola, a gente achava fascinante.

Dália dizia:

— Um dia eu vou ter uma namorada.

— Para com isso, sua doida! Sai de perto de mim! — caíamos na risada.

Com minha irmã eu naqueles tempos esquecia deficiência, implicância materna, e virava apenas uma menina comum.

Ser comum era muito bom.

•

Um dia meu pai, acima de todas as coisas amado, resolveu que não queria mais viver.

Há tempos a gente sabia que ele andava dormindo com revólver debaixo do travesseiro. Não era coisa para criança saber, mas nossa mãe tinha contado:

— O pai de vocês está ficando doido. E bebendo demais. Vai virar alcoólatra. — Isso ela já tinha decretado. — E maluco, agora com mania de arma no quarto.

Nem Dália nem eu entendemos o alcance de tudo aquilo, e não nos preocupamos muito. Eu até achei interessante, um pai dormindo com revólver à mão. Certa vez entrei no quarto, levantei o travesseiro dele, nada. Com certeza guardava a arma em algum lugar seguro durante o dia. E não pensei mais no assunto.

Aquela noite acordei com vozes alteradas, passos rápidos, a voz de minha avó que passava uns dias no seu apartamento na cidade e devia ter sido chamada, vovô falava mais alto, o que estava acontecendo, e àquela hora?

Nossa mãe tinha sentido falta dele na cama, esperou, depois levantou-se e buscou pela casa, por fim o encontrou andando de um lado para outro no pátio, com uma corda na mão. Estava procurando um galho bem forte em uma das árvores, para se enforcar, ele disse simplesmente, como se fosse coisa natural...

Minha mãe aos prantos, e eu, e nossas filhas?

Então correu para dentro e telefonou aos pais, que estavam na cidade. Quando chegaram ele já tinha voltado para dentro de casa, estava sentado na sala, sozinho no escuro, bebendo uísque. Não queria ver ninguém, não quis falar com ninguém.

Por fim Dália e eu voltamos para a cama, Vovinha tentou nos acalmar, trouxe o seu chocolate quente, e ficou conosco até pegarmos no sono.

Dália e eu comentamos:

— O que será que ele tem? Deve ser algum problema sério, mas normalmente ele parece tão calmo.

— Calmo não, maninha, ele é controlado — retrucou Dália. — De tanto se controlar, um dia explode.

— E o que podemos fazer?
— Nada, Dodinha. Eles lá que se acertem. Casaram porque queriam, vivem juntos porque continuam querendo.

•

Não se matou, o meu pai, mas eu por bastante tempo acordava molhada de suor e de agonia, meu pai pendurado numa corda, na árvore maior do nosso pátio, a língua de fora, eu tinha lido em algum lugar que enforcados ficam com a língua de fora, muito comprida. Então eu saía da cama, afrontava o frio nos longos invernos, e ia para o pátio, quieta para não acordar minha mãe que tinha sono leve e não queria saber de filha vagando feito assombração.

A árvore estava lá, tranquila e cinzenta na tênue luz da madrugada, e meu pai não tinha se enforcado. Mas quando morreu, tantos anos depois, na gaveta de sua escrivaninha havia um revólver.

(Com olhos azuis e patas de veludo.)

•

Meu pai acabou superando a fase, fez alguma consulta médica, o psiquiatra foi radical:
— Ou você tira umas férias, faz uma viagenzinha com sua mulher, ou acaba fazendo besteira.

Os dois passaram duas semanas numa estação de águas, foi o que ele pôde fazer com seu pouco dinheiro. Voltou parecendo normal, até alegre. Nossa mãe só se queixou:
— Estação de águas é pra velho. Só tinha velho. Achei uma barata morta embaixo da cama. Não tinha nada para se fazer. Viagem de pobre — acrescentava num suspiro.

•

Fragmentos: memórias boas, lampejos de pavor.

O enigma dos paradoxos: meu pai que caminha atrás de mim me empurrando, me segurando pelo ombro à sua frente. Assim me arrastou da sala da casa de uns amigos, onde estávamos jantando, mas eu não sabia por que estava fazendo isso. Um golpe na parte de trás da cabeça, achei que estava me batendo com um dos vasos de plantas alinhados no chão junto da parede. Mas quando senti isso de novo na rua, e me derrubou, na agonia de meus oito anos entendi que ele estava me dando um soco. Andamos assim dois quarteirões ou mais até a nossa casa.

Nunca entendi por que aquela vez meu pai foi cruel comigo.

Não perguntei a minha mãe, que fez de conta que nem sabia de nada, ou até gostou. Dália, que estava presente no jantar, também não soube explicar. Quando chegou logo depois com nossa mãe, minha irmã só me pegou no colo como se eu fosse seu bebê, e me embalou cantando baixinho.

Meu pai não era só meu pai: era uma pessoa. Era muitas pessoas: o calmo e o irado, o vital e o sonhador, o simples e o enigmático que embora nos amasse pensava em se matar. Mesmo no tranquilo cotidiano eu sabia que nele havia outro, pronto para saltar para fora substituindo, de chofre, aquele homem bom. Que parecia amar tanto a vida mas rondava as árvores do pátio com uma corda na mão, procurando um galho para se enforcar; e dormia com revólver embaixo do travesseiro.

E, se realizasse aquele desejo, me deixaria sozinha com a mãe que não me queria.

•

Em outra animada reunião de família, noite de Ano-Novo, ela deve ter feito um de seus comentários maldosos, e os irmãos dele começaram a brincar:

— Trate bem esse cara, cunhada, é o único da família que presta, nós somos uns animalões, e ele, o mais moço, nasceu pra ser um lorde.

Outro acrescentou, no meio de risadas e abraços de homens um pouco embriagados:

— E o lorde casou com uma princesa e teve filhas lindas.

Por alguma razão o lorde casar com a princesa pegou mal. Meu pai deu uma risadinha amarga, a expressão de minha mãe foi de absoluto desdém. De repente ele foi até o quarto, voltou com o revólver na mão.

Silêncio, todos estarrecidos. Dália e eu abraçadas num canto. Um dos irmãos mais velhos quis pegar a arma, mas meu pai gritou:

— Me deixa! Não me toque! Eu vou mostrar se sou um banana com medo da mulher, um fracassado, vocês aí debochando!

E sem que ninguém esperasse deu dois tiros no teto.

O estrondo na sala fechada foi tão espantoso quanto o silêncio que se seguiu. Minha mãe saiu correndo para o quarto, chorando alto. Meu pai foi para o pátio e achei que também estava chorando, meus tios e vovô foram atrás dele.

Ninguém prestou atenção em nós duas, abraçadas com força, sem saber o que fazer. Dália tremia, e chorava, será que o papai ficou louco?

Vovinha finalmente nos levou para nossos quartos, nos acalmou como sempre fazia, não era nada, nosso pai tinha bebido demais, um pouco demais, tudo bobagem de homem.

— Seu pai é um bom sujeito, mas homens bons nem sempre sabem quando parar de beber — disse.

Na manhã seguinte tive medo de sair da cama, de ir tomar café na cozinha e me encontrar com ele, senti medo de estar viva.

Mas Vovinha já estava lá, acho que tinha dormido em nossa casa, calma como se nada tivesse acontecido, mesa do café preparada. O conforto do trivial sempre nos fazia andar em frente. A vida prosseguiu com todos fingindo que não tinha sido nada. Nunca mais se falou no incidente.

Eu não compreendia aquele assustador outro pai dentro de meu pai cotidiano. Meu amor se misturou com medo.

•

Porém esse mesmo pai, quando ainda éramos pequenas, numa festa de família e todo mundo se pôs a dançar, Dália rodopiando sozinha, eu num canto quieta, veio até mim, me levou ao centro da sala e dançou comigo. Como se eu fosse uma mocinha, como se eu fosse perfeita, como se eu não mancasse e não pendesse um pouco para o lado.

Muitas horas assim eu devia a ele. Na família aliás se comentava, como em tantas famílias, que Dália era da mamãe, e eu era do nosso pai. Que eu era a inteligente mas difícil, Dália meio burrinha mas um amor.

Minha mãe dizia olhando para mim:

— Essa aí, só o pai dela aguenta.

Dália, a predileta, dizia:

— Mamãe parece ter braços demais, olhos demais, orelhas demais, um polvo sempre vendo tudo, controlando tudo, querendo agarrar tudo. Ela é uma mãe-polvo.

Fiquei em silêncio analisando suas palavras fortes mas não irreais.

Dália acrescentou:

— Assim que puder vou cair fora. Não quero me anular como nosso pai.

Naquela noite sonhei que estava na praia, e atrás de mim vinha um polvo sacolejando na areia com seus muitos tentáculos, querendo me pegar.

(Não vi se ele tinha o rosto de minha mãe.)

•

A Dôda que eu sou é boa. Boa e boba.
A Dolores nos espelhos pode ser má por mim.

•

Dias de recolher os personagens do passado, alguns mais duradouros, outros breves lampejos na memória, que afundam de novo, e vão e vêm. Onde estão, por onde se espalharam, alguns deles que nunca mais vi nem sei onde andam, outros morreram — mas a memória não deixa que nada de verdade morra.

Tio Félix é um desses fantasmas. Tio de meu pai, não havia maior relação entre ele e nossa família, mas era costume visitar parentes. Minha mãe me vestia bonitinho, fita no cabelo da cor do vestido, e me levava. Recomendava, como sempre, ande direito, sorria, cumprimente comportada, dê a mão, dê um beijo no rosto deles. Não faça essa cara de velório.

Quando era para visitar o tio Félix eu não queria de jeito nenhum, chorava, batia pé:

— Leva a Dália, mãe, por que sempre eu?

Mas Dália, se recusava, fazia beiço, dizia:

— Ai, mãezinha, hoje eu estou tão cansada...

A mãe cedia. E recorria a mim:

— Você vai pra me fazer companhia, e assim tenho desculpa pra sair mais cedo, digo que sua perna está doendo.

(Ela nunca me deixava esquecer.)

Tudo naquela casa me dava medo, era como entrar num livro de histórias sombrias: era estreita e comprida, na frente duas janelas e a porta no meio, lá dentro o longuíssimo corredor e muitos aposentos. Tudo cheirava a mofo e naftalina. Tio Félix numa cadeira de rodas, manta sobre os joelhos. Calvo, óculos, cara de águia, nariz adunco. Os olhos furavam a gente como facas, ele parecia ler meus pensamentos.

Era tão alto que mesmo sentado baixava-se para mim, beliscava minha bochecha, eu odiava. Hálito de dentes estragados.

Tia Amanda, mulher dele, magrinha e muito ereta, cabelo grisalho preso num nó firme na nuca. Fora linda na mocidade, dizia-se na família. Usava sempre um colar de pérolas graúdas, seu orgulho, vivia mostrando e comentava:

— Ele me deu quando nos casamos.

O que me assustava mesmo era que, com tio Félix presente, todo mundo gritava. Ele falava gritando, tia Amanda também, e minha mãe da mesma forma. Eu não entendia, me dava medo, estavam ficando doidos?

Bem mais tarde descobri que o pobre tio era surdo, por isso todo mundo falava alto. Mas ninguém me avisou disso.

Tio Félix morreu, tia Amanda foi ficando doida. Debruçava-se na janela da frente, uma almofada para não ralar os cotovelos, e ficava ali olhando as pessoas que passavam, quase todas conhecidos seus.

Mas, quando endoidou mais e mais, se alguém, passando, cumprimentasse, "Boa tarde, dona Amanda", ela lhe dava uma cusparada direta, parecia estar guardando saliva na boca: eram cuspes generosos. Haviam sido um casal apaixonado. Ele lhe deu pérolas de presente, ela era graciosa e elegante. Viajavam muito. Nunca tiveram filhos mas tinham um ao outro, e diziam rindo que eram seus próprios filhos.

Porém o tempo, a velhice e a demência recobriram tudo, e nem todo o amor que sentiam os conseguiu salvar.

Dália descobriu, muito depois, que nossa mãe os visitava tanto por uma secreta esperança de que aqueles tios lhe deixassem alguma herança, a casa, dinheiro, ou pelo menos o colar de pérolas graúdas, que ninguém soube onde foi parar.

•

(O som de meus saltos no ladrilho perturba o universo. Cheguei aos últimos números antes do quarto, coração explodindo. Sentei num banco ali mesmo no corredor, atordoada.

Eu não sabia o que me aguardava.)

•

O menino inventado: havia em casa de Vovinha uma empregada, Nena. Nena nunca se casou. Não sei se jamais teve um amor. Mas curtia essa obsessão de ter um filho. Passando o tempo, como nada acontecesse, ela inventou um menino, esse filho que chamava Deco.

Vovinha não estranhava, dizia:

— Ela precisa dessa criança, não faz mal pra ninguém.

Nena chegava, dizia pro menino invisível:

— Senta quietinho aí, fica brincando.

O menino sentava no degrau da varanda brincando com conchinhas que trazia nos bolsos. Eu sentava junto dele, armávamos as conchas em figuras de bicho, estrela, flor. Ele gostava de formar peixes de vários jeitos, botava um grão de feijão no lugar do olho.

Nem a minha irmã Dália falei desse meu novo amigo. Mas ela comentou que eu andava falando sozinha, cuidado, você está ficando doidinha feito tia Amanda.

Respondi que estava cantarolando.

— Eu já te vi falando sozinha na frente do espelho em casa.

— Todo mundo fala com o espelho.

Perguntei a Vovinha onde Nena teria encontrado a criança, ela respondeu:

— Lá na cabeça dela. Ou é um afogadinho que veio pedir abrigo.

Meu amigo Deco tinha o cabelo cacheado, sempre úmido como se acabasse de sair do banho; os olhos curiosos, as mãozinhas gorduchas, os pés firmados no chão. Usava a mesma roupa, calção claro grande demais, e camisa xadrez. Sempre descalço. Sempre feliz. Sempre como apareceu: com seus encantadores cinco anos.

Ninguém o via mas muitos sabiam que estava ali. Nena não comentava, a gente só a escutava falando com ele. Às vezes, quando chegava, ou quando ia embora, sua mão esquerda ficava um pouco estendida como se segurasse a mãozinha de uma criança. Havia rumores de que seria meio doida. Mas era louca mansa, fazia muito bem seu trabalho, era atenta e gentil, todos gostavam dela.

Deco foi meu amigo imaginário verdadeiro por quase toda a minha infância.

Às vezes ainda me descubro pensando nele: onde andará com seus pezinhos descalços, o cabelo cacheado, bolsos cheios de conchas?

•

Nem tudo era susto e tristeza. Eu tinha meus acessos de euforia, meio desajeitada dançava sozinha no quarto, cantava alto. Sabia que meu cabelo ruivo escuro e liso era bonito e raro. Que meus olhos cinzentos causavam admiração. Que eu era inteligente e podia ser divertida, não era difícil fazer amigos.

Eu não era apenas uma menina com defeito físico, era uma criança, fui uma adolescente, com amor pelas coisas boas, e belas, e gente que me amava. Uma vocação para a alegria, não só a contemplação. Dália era meu ídolo, tínhamos nossos segredinhos engraçados, dávamos grandes risadas juntas, e, quando eu ficava magoada, ela sabia me animar.

Dizia:

— Nosso avô tem razão, sereias nem têm pernas e todo mundo é louco por elas. Viu, sua boba? Um dia alguém vai ser doidinho por você!

•

Quando fiz treze anos, o impensável.

Era começo das férias de verão. Meu pai me chamou ao seu escritório, que ficava junto da casa. Entendi que era conversa séria, como quando meu boletim vinha ruim demais ou minha mãe se queixava de que eu era relaxada, preguiçosa, mentirosa, e lhe mostrara a língua.

A conversa foi esquisita: o pai não estava zangado, mas tenso. O que ele disse foi mais ou menos assim:

— Tenho ouvido muitas queixas de sua mãe, seus professores, o diretor da escola (que era amigo da casa). Tenho visto seu boletim. Você tão inteligente e tão relapsa.

Quando zangado ele usava palavras difíceis.

— Cheguei à conclusão de que não estou conseguindo te educar direito. Não estou te fazendo bem, sendo muito leniente. Talvez por causa da sua... sua dificuldade — ele acrescentou, não queria dizer "defeito" — a gente te mima demais. Eu te mimo demais — corrigiu. — Você tira notas baixas, incomoda sua mãe, é rebelde, afronta os professores, nunca faz o que sua mãe quer em matéria de arrumação de quarto e armários... então chegamos a uma decisão: você vai para o internato.

A ideia era tão absurda que pensei, estão querendo me dar um susto.

Mas era real, e não houve como escapar para dentro de nenhum espelho misericordioso. Era seríssimo: eu ia para o internato. Minha mãe exigiu, meu pai consentiu. Professores acharam boa ideia, eu era rebelde demais. Vovinha, que teria me defendido, não foi consultada. Sei que teria tentado convencer a filha de que aquilo era cruel e desnecessário. Com certeza teria sugerido que me mandassem morar com ela um ano, ou para sempre, ela e seu marinheiro me adoravam. Mas quando ela soube a decisão estava tomada, a matrícula feita, o enxoval pronto e minhas iniciais sendo bordadas.

•

Quando vi que a história do internato não era só ameaça fui chorar no quarto. Minha mãe ignorou meus soluços. Dália apareceu, mas dessa vez não foi para me consolar:

— Que besteirada, você vai se divertir, montes de amigas nossas foram e gostaram, formam turmas, você tem mesmo de se enturmar.

— Vou morrer de saudade...

— Eu também, mas a gente vai se ver toda hora.

Para ela as coisas eram mais simples: ninguém a queria mandar embora. Então disse algo que não esqueci:

— Dôda, você não vai acreditar, mas eu adoraria ir para esse internato com você.

— Você está brincando. Mas que loucura é essa?

Ela respondeu revirando os olhos de um jeito dramático muito seu:

— Mana, você não faz ideia do que é ser a filha modelo da nossa mãe. Dia e noite essa pressão. Ela não se cansa. Inventou que vou ser bailarina. Eu gosto de dançar, acho que levo jeito, mas não quero fazer disso a minha vida. Não posso comer direito, tenho de ser magérrima. Não posso cortar o cabelo, tenho de fazer coque de bailarina. Não posso isso, não posso aquilo. Eu daria tudo para escapar. Sorte a sua!

Fiquei surpresa:

— Se você fosse embora ela ia morrer, ela te adora.

— Não, Dôda. Ela não adora ninguém. Nem a mim. — Dália parecia uma adulta triste. — Ela nem me enxerga, enxerga uma filha que inventou, uma menina perfeita, eu sou como um bicho de estimação.

E acrescentou com uma tristeza que naquele tempo me surpreendeu:

— E nosso pai não me ajuda.

•

Mesmo quando minha mãe encomendou o enxoval para uma costureira amiga, e bordou ela mesma minhas iniciais em tudo, o uniforme, os grandes aventais brancos engomados, eu não acreditei.

Mas quando me botaram no carro ao lado do pai na frente (a mãe em casa com Dália), e uma das colegas do internato, filha de amigos, no banco de trás contando, feliz da vida, os encantos do lugar, entendi que estava sendo mandada embora. E que meu pai me levava no seu carro.

Hoje não se usa mais, porém naquele tempo botavam filhas e filhos no internato para aprenderem disciplina, educação, coisas. Na minha cidadezinha era quase dever de bons pais, os professores recomendavam, as mães trocavam ideias, e estimulavam umas as outras.

Minha mãe conseguiu livrar-se de mim por uns meses. Não mais que isso. Mas me marcou com aquele carimbo: indesejada.

(E assim mais uma vez eu morria um pouco.)

•

Em lugar do meu quarto com meus objetos, a cama embutida em prateleiras com meus amados livros; duas janelas por onde entravam o perfume da magnólia e o cheiro de chuva nas lajes quentes, agora havia dezenas de celas divididas por biombos de pano, mesinha de cabeceira, cadeira estreita, e baú com roupas embaixo da cama. Por cima, o teto imenso do imenso dormitório.

Nos primeiros dias eu acordava tentando entender onde estava. Logo via que, sim, era real. Frio, gelo, tatear o caminho até os banheiros, onde dezenas de meninas escovavam dentes e cabelo e lavavam rosto, riam cochichando entre si segredinhos que eu desconhecia. Estariam rindo da menina da perna curta que não se divertia, vivia isolada, não praticava esportes, olhos marejados e nariz vermelho escorrendo? Uma ou outra tentou se aproximar, mas eu estava triste demais para qualquer contato bom.

Depois, vestir o uniforme engomado e o aventalão branco por cima, tudo duro e raspando a pele. Sapatos como de freira. Tudo em fila. Café da manhã ralo e ruim, longas mesas impessoais. Aulas em que eu não conseguia prestar atenção porque meu coração partido pesava como um tijolo no peito: eu estava de luto.

Um dia um professor jogou o livro de matemática na cabeça da colega a meu lado, que estava distraída. Todas riram. A menina machucada e eu choramos.

•

Finalmente adoeci, vários dias na enfermaria, e como não melhorava chamaram meu pai. Não sei o que falou com a diretora, não sei como convenceu minha mãe, ou como se impôs a ela: mas em um dos momentos mais felizes de minha vida voltei para casa no seu carro meio velho, sentada a seu lado, sabendo que a cada momento mais se aproximava a minha casa, meu quarto: eu me aproximava de mim.

Anos depois minha mãe ainda diria:

— Se teu pai tivesse me escutado, se ele não fosse um frouxo, você teria passado anos no internato e teria corrigido todas essas manias.

Meu pai me resgatou, mas em algum lugar ficou a cicatriz: eu não era só a da perna curta, era a que tinham mandado embora. A cicatriz era também a dúvida: meus pais eram boas pessoas. Meu pai me amava. Se tinha me dado tamanho castigo, eu devia ter cometido um erro muito sério, mesmo que não soubesse qual, e quando certa vez perguntei ele pareceu achar graça.

(Mas a ideia da culpa conferia alguma ordem ao meu mundo.)

•

Sem que eu a convoque Dolores emerge, senta na poltrona diante da minha, examina o esmalte fresco nas unhas, sopra para o teto a fumaça do cigarro, um círculo perfeito, todas as coisas que eu jamais conseguiria fazer.

Depois instala-se no braço da minha poltrona, quase atrás de mim. Esta é outra história que ela murmura às minhas costas enquanto tento me concentrar numa leitura:

Alguém sugava a alma pelo olhar daquela mulher; sugava pela boca quando a beijava; sugava pelos poros quando a lambia; sugava pelo ventre quando a amava. Então viu-se escurecida e vazia.

Pouco a pouco outro alguém voltou a soprar-lhe vida, e acordou. E isso ela teve e perdeu e teve e perdeu de novo, até começar a entender que só ela podia dizer para si mesma:

— Isso aí, essa aí é o que eu sou.

Ninguém mais saberia lhe dar o seu nome nem o seu destino. E o que ela era nunca era o mesmo, mas união e ruptura e encontro e isolamento.

E o que alguém é, ninguém jamais sabe. Nem pais nem filhos nem amigos nem amantes, ninguém. Pois não conhecemos uns aos outros, sombras que se cruzam num corredor mal iluminado.

3 | *Amores perturbados*

Amar é para os loucos:
me perdoem os românticos
e os sensatos,
se ainda existir algum por aí.

Suspiros sussurros umidades
panos entreabertos pele com pele
o coração desvairado
como se arfa como se sofre
como se busca o difícil paraíso.

Como tudo acaba depressa
mas nem tínhamos notado:
de repente, preciso dividir as coisas
as contas os filhos as mágoas
— ou, para simplificar,
tudo varrido embaixo dos tapetes
depressa
para ninguém notar.

(Um farrapo de alma
ou uma perna desigual
sempre ficam de fora.)

O menino que me deu um beijo: eu tinha uns catorze anos, foi depois do internato, ele devia ter a mesma idade. Era meu colega, o mais bonito, mais popular, mais cobiçado. Mas foi a mim que beijou num canto do pátio, atrás de uma árvore, certa tarde em que chovia fininho, ele tinha me dado uma carona debaixo do seu guarda-chuva.

Ele me olhou demorado, disse baixinho, meio tímido:

— Você é meio maluca, mas tem uma boca linda —, e me deu um beijo rápido, inesperado, lábios fechados mal tocando lábios fechados. Para mim o céu se abria pulsando.

Antes que eu pudesse reagir, corresponder, dizer qualquer coisa ou fugir, ele se virou e saiu correndo, levando o guarda-chuva, eu me molhando ali, maior felicidade que já tinha sentido. Nem com Dália comentei.

No dia seguinte, eu com olheiras de não dormir de tão feliz, ele botou um bilhete sobre minha mesa, embaixo de um livro: "Não comente com ninguém, nunca."

Primeiro, não me importei. Achei bonito: seria nosso segredo.

Depois, pela distância fria dele, pelo olhar se desviando, porque me evitava, entendi, numa fulguração terrível entendi:

ele não queria que soubessem que tinha beijado a menina da perna curta.

(E assim eu morri um pouco mais.)

•

Dália e eu viramos adolescentes, moças, eu mais reservada, Dália brilhando. E mudando: parecia ter descoberto que havia outra vida fora do controle de nossa mãe. Já não obedecia tanto nem concordava com tudo, usava roupas diferentes, erguia os olhos para o teto quando a mãe a inundava com aquele amor incansável.

No começo minha mãe não percebeu; fingiu não perceber; não aguentaria perceber. Perseguia aquela filha com sua ilusão de que as duas se amavam, se completavam e entendiam, e que ela era, acima de tudo, uma grande mãe. E, quando as coisas para minha irmã começassem a dar errado, ela até o fim a defenderia, acusando a vida, o destino, os homens, se possível a mim.

Ela não aguentaria a verdade, se é que a verdade existia.

Éramos muito unidas. Eu começava a fazer amizades, Dália andava com rapazes, sem nossa mãe saber. Embora até na adolescência diante de minha mãe bancasse a menina exemplar, sozinha comigo ela era engraçada e carinhosa, e me parecia incrivelmente livre. Não tinha medo de nada. Muito do que me contava de suas aventuras eu julgava pura invencionice.

Quando entendi que era verdade, vi o quanto eu era uma sonsa romântica, coisa que ela sempre dizia.

•

Dália experimenta seu primeiro vestido de festa, verde-mar bordado com lantejoulas como estrelinhas. Eu vou de vestido simples, pois estarei na mesa com meus pais, e quando os jovens dançarem vou me encolher morrendo de medo de que algum menino me convide, por não perceber, sentada que estou, que dançar comigo seria um desastre.

Na minha formatura consegui ficar em casa, fingi dias antes uma terrível dor de cabeça, e cólicas, e ameaça de desmaios. No fundo acho que minha mãe preferiu assim, pois não insistiu. Acho que não queria passar pelo constrangimento de me ver desfilar no palco para pegar o meu diploma.

•

Outro rapaz me disse:
— Você tem uns olhos lindos dessa cor esquisita, meio cinza. E tem um cabelo maravilhoso. É ruivo mas escuro e diferente de todas as outras meninas. Se não fosse...

Ele se interrompeu, acho que ficou pálido, retirou a mão que segurava a minha.

Em pensamento eu completei a frase:
— Se não fosse esse meu defeito, eu poderia te amar.

Naquele tempo ainda a perna defeituosa me definia.

•

Dália continuou mudando sem maior alarde mas com determinação. Seu projeto de vida era escapar da mãe e daquele amor que a esmagava. Queria ser uma Dália de verdade, queria descobrir quem era. Começou devagar. Faltava às aulas de balé, não tinha horário para chegar em casa, discutia com nossa mãe. Seu corpo também se transformava: a bailarina etérea agora era uma adolescente grande, de um viço extraordinário, belos e nítidos quadris e peitos, cabelos rebeldes que um dia mandou cortar, e ficaram revoltos e alegres.

Mais tarde participou em casa o que eu já sabia: não ia mais dançar, nada de ser bailarina, nada dos eternos cuidados e regimes e exercícios dolorosos. Aquilo tinha sido escolha da mãe, não dela.

Foi um dia de choque, gritaria, choradeira. O pai não disse nada, como era seu costume; foi beber no pátio, eu me recolhi no meu quarto, nossa mãe batendo na porta de Dália, que não abriu. E que finalmente venceu.

Acho que nossa mãe nunca se recuperou, nunca acreditou, passou a viver uma dimensão quase surreal e até o fim da vida, seja como for, preservou sua ilusão da filha perfeita.

Nos anos seguintes Dália teve muitos namorados, me contava detalhes, eu horrorizada. Era assim mesmo? Ela, ainda tão nova, e tanta coragem?

— Maninha — ela dizia —, você tem de largar seus livros, seus sonhos, e viver um pouco, olhe em torno, há muita coisa boa nesta vida que você nem imagina.

— Mesmo pra mim?

Ela me encarava direta e franca, e dizia:

— Claro, pra você também! Olhe pra você, Dôda. Você é bonita, inteligente, engraçada, esse teu jeito sonhador tem seu charme, não se concentre nesse seu defeito, você não se resume a ele!

Quando falava assim, minha irmã parecia uma pessoa muito experiente.

•

Apesar de tão decidida ela nunca resolveu o que queria ser ou fazer. Começou uma faculdade e depois outra, e ficou por isso mesmo. Pegou um emprego de que não gostava, pedia demissão ou era demitida, ficava temporadas sem fazer nada, trocava de namorado, ria alto, falava alto, roupas e comportamento ficando vulgares, eu às vezes nem a reconhecia.

Nossa mãe a tudo desculpava:

— Coitadinha da sua irmã, ela tem azar, escolhe namorados que não valem nada, é boa demais, deixa-se enganar com facilidade. Não é ajuizada como você.

Ou então:

— O patrão exigia demais, humilhava, nunca reconheceu o valor dela.

Ou:

— Dália não tem a sua inteligência, ela se esforça tanto, mas para ela estudo e trabalho sempre foram mais difíceis, é do tipo delicado. Precisa de quem a proteja.

Eu tentava aconselhar:

— Cuidado, Dália, olha as doenças, olha os rapazes mal-intencionados, olha a bebida em demasia, e olha essa coisa de drogas que me deixa louca de preocupação...

Ela como sempre achava graça:

— Nossa, maninha, como você é careta, como se preocupa com bobagens! A vida é chata demais, Dôda, olha nossos pais, casamento todo direitinho e eles mal se suportam, mal se aguentam. Eu quero é ser feliz, alegre, sem alegria eu nem respiro.

Talvez ela tivesse razão.

Mas por muitos anos ainda foi boa comigo como quando éramos crianças e não parecia ligar para o meu defeito, nunca me ridicularizou mas me ajudava, me levava pela mão, ou andávamos abraçadas: ela sabia que para mim esse pequeno apoio já era um alívio. Buscava coisas de que eu precisava, ou as inutilidades que minha mãe incessantemente pedia, para que eu não tivesse de caminhar.

Mas inexoravelmente o velho bruxo chamado tempo nos afastaria.

Eu ainda não sabia como, nem a que preço.

•

Dália anunciou que ia se casar.

O noivo era um rapaz calmo e simpático, diferente dos namorados habituais. Mal o conhecíamos mas acabei gostando dele. Tinha um jeito de bom moço, e a devoção que parecia dedicar àquela noiva nada fácil me conquistou, às vezes a gente comentava, coitado dele. Não sabe o que o espera.

Depois da primeira surpresa todo mundo ficou animado, meu pai sorria mais, minha mãe fazia grandes planos, o vestido, a festa, os convidados. Dália não quis festa, foi tudo simples e emocionado, poucos parentes, meus tios barulhentos, tia Carola com a namorada, Vovinha e seu marinheiro, e alguns amigos dos noivos.

— Tem tudo para dar certo — nossa mãe dizia —, tem tudo para dar certo e minha filha merece. Acho que encontrou um homem que a valoriza.

O noivo não era nada do que nossa mãe imaginara para aquela filha, alguém importante e rico, mas àquela altura ela ter um parceiro fixo, estar casada, devia ser tranquilizador.

No começo pareciam um casal comum, com trabalhos comuns, rotina comum. Não era muito o jeito de Dália, mas talvez as coisas tivessem mudado. Porém o fervor de nossa mãe em torno da filha idealizada não cedeu a nenhum bom-senso, no começo os rodeava agitada, queria ajudar, queria ensinar, queria estar com a filha.

Prevendo o que iria acontecer eu dizia:

— Mãe, ela é uma mulher casada, não insista, não procure demais, não queira ensinar, não apareça sem telefonar...

Logo Dália reagiu firme, cruel. Nada de visitas não anunciadas, nada de palpites, nada de ajudar, nada de nada.

— Mãe, eu não sou mais a sua menininha, me deixa!

— Ela tem de me dar uma folga — comentou comigo —, imagina ela o dia todo na nossa casa, se metendo em tudo. Já avisei que não quero visita a toda hora, muito menos sem telefonar antes.

— Dália, coitada da nossa mãe.

Ela disse:

— Mana, você não sabe o quanto eu te invejei, porque sua perninha doente te dava liberdade: de você a mãe não exigia quase nada, não esperava grande coisa. Por sorte sua, Dôda, repito que essa perna te libertou.

Não confidenciava sobre sua vida de casada, se estava contente ou não. Parecia estar. Até seu emprego ela manteve.

Alguns casamentos disparatados dão mais certo do que a maioria, eu pensava, vai ver esse é assim.

•

Muito tempo sem filhos. O marido queria uma família mas ela tinha horror:

— Barrigão, peitos enormes, anos sem dormir, séculos me incomodando? Limpando vômito, trocando fralda suja? Eu não!

Mas depois se animou, para agradar ao parceiro ou porque a vida já começava a lhe parecer tediosa, ela nunca se satisfazia com nada por muito tempo, não Dália.

E assim a minha amada irmã engravidou. No começo foi novidade, meu pai comovido, um neto, enfim, ou uma neta. (Pois de mim não esperavam nada disso.) Nossa mãe não parava de falar em enxovais, berço, carrinho. Dália deixou claro que ela e o marido escolheriam tudo.

— Mãe, não se meta, deixa que nós cuidamos de tudo. Se eu precisar de ajuda, aviso.

Mas se recusou a fazer o pré-natal, não quis saber o sexo da criança. Às vezes eu achava que para ela aquilo não era bem real. A única real mudança foi seu modo de vestir mais discreto, o jeito de ser mais controlado, alguma coisa nela tinha se adoçado.

Um dia falei:

— Mana, a maternidade está te fazendo bem, você está muito elegante.

Ela sorriu, meio encabulada, o que não era próprio dela, e disse sem ironia:

— Você é elegante. Eu sou escrachada. Nasci assim.

Não tinha nascido daquele jeito. Onde estava a minha irmãzinha? Parte do brilho tinha fugido dela: que névoa, que tristeza, que pressentimento em seu olhar agora esquivo?

Tentei indagar, ela reagiu irritada:

— Agora você também quer me controlar, a maluquice da nossa mãe te contagiou? Estou ótima, estou feliz, vocês todos não queriam que eu tivesse um filho? Bom, vou ter um filho.

Finalmente o filho dela nasceu: o esperado de todos nós, que iria modificar a vida da mãe, deixá-la mais acomodada, mais terna, mais feliz.

Nasceu grandinho e forte, mas com a horrenda marca: um olho só, no meio da testa.

Correria fora da sala de parto, gente entrando e saindo, alguém nos olhou com ar de assombro e passou depressa. O marido teve de ser amparado. Médicos confabulando, sacudindo a cabeça, vieram falar conosco. Um caso raríssimo, chamava-se isso bebê ciclope, alguém tentou explicar a mitologia mas ninguém quis escutar.

Horror, horror. Meu cunhado foi ver, voltou chorando feito menino, a gente tentava consolar, entender as palavras complicadas dos médicos. Ele só pedia que não mostrassem para Dália, ela não podia saber, ainda não tinha visto a criança.

— Ela tem de saber — disse um dos médicos —, já está inquieta, dissemos apenas que a criança estava no CTI pediátrico, precisava de cuidados especiais...

— Quanto tempo ele vai viver? — perguntei.

— Em geral vivem horas, semanas... pode ser mais.

Nessa hora eu quis pegar minha irmã no colo e ninar como se ela fosse o meu bebê muito amado.

•

O trágico menino viveu quatro meses. Dália não permitia que ninguém o visse, muito menos nossa mãe, que rondava incansável. Só eu e Vovinha o podíamos pegar no colo de vez em quando, sempre com um lenço fino cobrindo o rosto, o olho que eu nunca vi.

O marido vagava entre a casa e o trabalho, e o hospital quando a criança era internada, e nesse tempo todo pareceu anestesiado. Uma vez o vi tentar abraçar Dália como que para a confortar, mas ela se esquivou num gesto feio e irado, como se ele tivesse culpa — porque tanto havia insistido em ter aquele filho. Me deu também muita pena o meu cunhado: Dália não o deixava entrar naquele território da dor, que era só dela: ele ficava de fora.

Minha irmã enfrentou a tragédia cotidiana em silêncio e isolamento, não queria receber ninguém. Nunca comentava o fato conosco, como se o lenço anulasse a realidade. Era de uma devoção comovente com o bebê. Carregava-o no colo quase o tempo todo, não fazia outra coisa a não ser cuidar dele, e lhe falava ou cantava baixinho como se ele ouvisse. Ninguém sabia se ele escutava ou não. E nunca tive coragem de perguntar se aquele único olho enxergava vultos, ou sombras, ou se era cego.

Dália dormia no quartinho que haviam preparado para ele, com bichos coloridos e um céu azul com estrelas de prata coladas. Não quis babá nem enfermeira, até mesmo minha presença tinha de ser breve e silenciosa: era só dela aquele sofrimento.

Às vezes a mãozinha dele se crispava na roupa da mãe. Eu desviava os olhos para não chorar. Era vivo, era humano, era o filhinho dela. Era o inexplicável, indizível, inaceitável, inefugível, que não se podia ignorar. Era o não crível mas o evidente, a coisa mais clara e certa da nossa vida naquelas semanas.

O bebê disforme se impunha, poderoso.

•

Por fim o ciclopezinho morreu. Ninguém de fora soube, não houve participação a ninguém. Nem nome ele tinha, Dália não deixou que fosse batizado nem o chamava por nome algum. Era só "meu filhinho".

Depois do enterro quase secreto eu a visitava todos os dias. O marido parecia de um lado aliviado, de outro preocupado, o que fazer com ela, que ele ainda amava tanto e de quem sentia falta até das pequenas loucuras de sempre e manias?

Ela se recusava a receber nossa mãe, que rondava aflitíssima. Vovinha a convidou para passar uns dias com ela na Casa do Mar, mas Dália não quis: queria ficar ali, queria sofrer, queria ir até o fundo do horror. Não queria consolo, não havia consolo.

Que consolo a gente poderia lhe dar? Dizer as coisas banais, foi melhor assim, ele morreu mas não chegou a sofrer, é o destino, Deus sabe o que faz... e todas as banalidades que nos dizem diante de uma tragédia, quando palavras não valem nada, silêncios são torturas, e a única coisa que vale é aquele horrendo vazio?

•

Dália resolveu se separar.

Chegou em casa e anunciou como se não fosse nada:

— Estou me separando.

— Mas o que houve, Dália? Ele parece adorar você! Ficou do seu lado o tempo todo!

— Sei lá, quero mudar de vida. Vida besta essa minha, assim prefiro morrer.

— Mas o que você vai fazer sozinha? — argumentou nossa mãe, mãos estendidas já querendo ajudar, agarrar... possuir outra vez, diria Dália.

Ela deu de ombros:

— Mãe, todo mundo é sozinho.

O pequeno ciclope aparentemente fora deletado, os móveis do quartinho sumiram como as roupas e os brinquedos. Mas eu sei que nada foi apagado, ela era toda uma cicatriz para sempre aberta, para sempre vertendo sangue e pus.

Dália teve seu bebê nos braços pelo resto dos dias, e pensou nele incessantemente, mesmo quando se deitava com homens estranhos, às vezes nem seus nomes ela guardava.

— E seu marido?

— Que é que tem? Não gosto mais dele. Nunca gostei mesmo. Quem quis o filho foi ele, deu no que deu, quero longe de mim.

Toda a doçura que tivera com o filhinho tinha desaparecido, coberta por um gelo de indiferença vagamente irônica.

Meu cunhado se desesperou, me procurou, chorou por semanas, meses, fez tudo o que sabia e podia, mas minha irmã não se comoveu. Tinha se cansado dele.

— E agora que se humilha ele me dá nojo — dizia.

Ele bebeu, andou com mulheres, quase perdeu o emprego, se desligou dos amigos, alucinou.

(Homens amam mais mulheres que os machucam, me diria uma cliente muitos anos depois.)

Mais tarde ele se refez, reconstruiu vida e profissão, tentou até reatar com Dália, mas ela não quis saber.

Minha irmã recomeçou a trabalhar, qualquer emprego, apenas um jeito de sustentar suas novas doideiras. Muita festa. Muitos homens. Muita bebida. Muito riso sem vontade, muita maquilagem. O cabelo agora de um louro feio e artificial.

Às vezes, quando eu já estava casada, batia na minha casa tarde da noite. Tinha apanhado de algum homem, ou estava com a roupa suja de vômito, não queria voltar assim para a casa de nossos pais.

Eu recebia, cuidava, meu marido também tentava aconselhá-la. A ele parecia dar mais atenção do que a mim, mas depois de alguns dias voltava para a vida que escolhia.

De tempos em tempos o ciclopezinho espiaria para fora de seu poço escuro, e lhe faria sinais, talvez chamasse por ela, agarrava-se nela, era para sempre o seu filhinho.

•

Eu segui o que pensava ser um caminho certo. Faculdade de Direito, agora era mais independente de minha mãe, eu sempre o oposto de Dália, que começava a não ser mais meu ídolo.

O tempo de faculdade foi um dos melhores de minha vida: ou porque ficava pouquíssimo em casa, ou porque minha mãe se reservasse demais nas críticas, ou apenas porque ali naqueles bandos de jovens animados ninguém ligasse muito para meu problema, ela arrasta um pouco a perna, e daí?

Estudei muito. Eu era boa nisso. Ali éramos tratados como adultos, ali não havia repreensões, disciplina exagerada, boletim e olhar severo. A faculdade foi o oposto do internato.

Desabrochei. Muitas amizades, algum namorico, nada sério, eu ainda não confiava o suficiente em mim ou no outro. Esquecia Dolores ao me olhar nos espelhos: via a mim, decidida, animada, entrando na vida adulta, uma vida minha, com escolhas minhas.

Devaneios e invenções eram coisa passada e ultrapassada, substituídos por livros, pesquisas, projetos: eu seria uma boa profissional, ia fazer mestrado, doutorado no exterior, escrever livros sobre minha especialidade, agora tinha horizontes.

Adulta, abandonava os devaneios de menina solitária que em reflexos de espelhos imaginava ver seres vivos, e achava que um tigrezinho de olhos azuis era possível.

●

Comecei a pensar em alugar um apartamento, Vovinha me animou, garantiu o dinheiro, meu pai aprovou, dizia:

— Está na hora de você se libertar, e crescer.

Mas eu ainda não tinha coragem. Ela veio afinal junto com uma lufada de vida num jantar de confraternização do emprego que eu acabava de assumir. Tinha terminado a faculdade com brilho, um de meus professores me chamou para trabalhar no seu escritório: Direito de Família, minha paixão, minha ilusão de que conseguiria esclarecer aflições que testemunhava durante o curso e no estágio. Imaginava ajudar casais destroçados e crianças dilaceradas a encontrarem um meio-termo entre a destruição e a submissão, acalmar mulheres vingativas e homens aturdidos, mulheres esmagadas e homens cínicos, crianças e adolescentes perplexos.

Eu queria consertar o mundo.

●

(A porta do quarto encostada. Na cama um ser de cabelo curto grisalho, braços sobre a coberta como os de um esqueleto. Dália ligada a máquinas por fios que fazem pensar numa marionete macabra.

Dois olhos se abrem: ainda são duas poças negras mas os brilhos dourados não estão mais lá.)

●

Sem se importar com minha perna curta e meu andar desajeitado, um homem me amou. Muitos anos depois daquele primeiro único beijo infantil desajeitado, um homem me amou. O homem que amei, o mais amado de todas as pessoas deste mundo até ali.

Era meu colega de trabalho. Não era alto, bonito, sedutor como os homens que a gente fantasia, mas como eu o amei. Esse conheceria todos os meus segredos, os cantinhos da intimidade, úmidos e estranhos, meus calafrios, meus desmaios, minhas vergonhas e deslumbramentos. E minha ternura minha amizade minha devoção.

Ele não me magoaria nunca.

No primeiro encontro ele estava com a mulher, e foi a única vez em que a vi, uma loura bonita, discreta. Não sei se tinha profissão, sei que não trabalhava, vivia só para os filhos pequenos, dois meninos gêmeos, alguém comentou isso. Sei que o olhava com adoração, isso eu vi. "Ela e o marido são pais dedicadíssimos", diziam.

Nos vimos outras vezes no escritório e fora dele. Num bar num fim de tarde, com colegas, alguém disse que tinha sido um dia de sol como poucos, e que naquele grupo só eu gostava mais dos dias de bruma, brincavam comigo por causa disso.

Ele achou graça, perguntou se era verdade.

— Sim, o nevoeiro torna tudo mais interessante, sol e céu azul são a coisa mais óbvia do mundo.

Ele riu, depois disse, sério, me olhando firme:

— Então você é especial, é uma alma brumosa.

Eu ri.

Todos riram.

(A morte bafejou todos os espelhos, rindo atrás de mim.)

•

Começamos a nos encontrar sob vários pretextos. Telefonemas sem razão. Até nos silêncios pulsava uma atração forte. Ele roçava em mim, casualmente, no trabalho, imaginávamos o que os outros pensariam, só nesse rápido encostar a fogueira dos desejos ardia tão alta que eu sentia meus cabelos crepitando.

Nada ali era inocente. Eu não queria ser inocente.

Certa vez, num impulso, num lampejo de medo ou pressentimento, eu pedi:

— Melhor não, melhor a gente parar de se encontrar.

Ele apenas riu e me beijou na boca: para mim foi como um primeiro beijo de adolescentes na porta de casa, uma emoção para mim desconhecida. Depois a primeira vez na cama, desculpas de viagem dele, de viagem minha por causa do trabalho, uma cidadezinha ali perto, esquivos como dois suspeitos.

Passamos a nos encontrar regularmente e numa dessas ocasiões ele disse algo sobre ter um casamento sólido e crianças, eu era livre, podia construir uma vida, ele não poderia me dar isso, uma vida a dois. Foi a vez dele, de querer recuar.

Foi minha vez de responder o que eu sentia:

— Não faz mal. Eu tenho de viver isso.

Não tive naquela hora nenhuma insegurança, agora me julgava experiente, sábia, inatingível, eu conhecia tudo, tinha bebido naquela fonte sensual e eterna, me sentia imortal, pensava feito louca, nos braços dele pensava, eu sou imortal!

Esqueci minha perna, esqueci o sentimento de inferioridade e a insegurança.

Enlouqueci.

Tudo foi ficando cada vez mais sério, mais envolvente, de vez em quando era um amor doido e crispado. Quando tudo era mais intenso ele entrava em crise, vacilava entre ficar comigo ou com a família, e me pedia:

— Vai embora, vai, porque te amo demais, tenho toda esta vida com minha mulher e filhos, e por você sei que daqui a pouco vou querer deixar tudo.

Eu insisti em continuar, nada mais me importava.
Insisti no amor.
Insisti numa ideia de felicidade.

No trabalho agora a gente mal se cumprimentava, ele sentia receio dos outros, dos amigos, das famílias, da mulher dele, de tudo, mas eu inspirava fundo o mesmo ar que ele respirava na mesma sala ou no corredor. O cheiro que vinha dele ao passar. Comprei seu perfume, pingava no travesseiro, assim mesmo no meu velho quarto em casa de meus pais eu dormia com ele.

Minha mãe rondava, parecia farejar, eu devia emanar um odor de sensualidade, impossível não perceber minha transformação. Meu pai me olhava mais demoradamente, um dia pegou minha mão, só disse:

— Filha, você está diferente, está feliz?

Eu só disse que sim, apertei a mão dele, que não perguntou mais nada. Para ele aquilo bastava.

•

Finalmente o homem que amei deixou a família e fomos morar juntos. Para o proteger aluguei em meu nome o minúsculo apartamento, há tempos queria sair de casa. Já estava trabalhando, não precisei da ajuda de Vovinha. Minha mãe não aprovou, não aprovava quase nada que eu fizesse, mas não me importei: suas opiniões a meu respeito não me impressionavam mais.

Meu pai queria tudo o que fosse bom para mim, a sua flor.

Minha avó dizia que quase tudo na vida são escolhas: eu vivia a minha.

Nas primeiras semanas eu estava eufórica.

Agora eu era uma rainha.

•

Eu nunca soube dizer em que hora, em que momento, senti alguma coisa mudando, qual o primeiro silêncio estranho, qual o primeiro olhar inquieto, a primeira vez que o surpreendi acordado de madrugada fitando o teto, e quando indaguei disse que não era nada, estava enrolado com um assunto de trabalho.

E acariciou meu rosto, e me disse:

— Durma de novo, fique tranquila.

Aos poucos, porém, eu percebi que não era trabalho, não era nada rotineiro: a mulher e os filhos dele tinham vindo morar conosco, fantasmas calados mas presentes. A rotina da vida a dois não ajudava muito: além dos ardores iniciais agora havia compromissos, contas, compras, comida, roupa, cansaço e banalidades. O banal baixava entre nós como um nevoeiro denso. Não tínhamos projetos juntos, nem futuro, nem sonho de filhos, de viagens, nada: aquele a quem amei vestia a camisa de força da sua culpa.

Os telefonemas das crianças o perturbavam. Às vezes os meninos ligavam apenas para dizer, "Papai, onde está você? A gente está com saudade", mas ele ficava pensativo, mal me notava, eu redobrando as atenções com ele ao sentir que algo estava me escapando. Antes só sentia ansiedade pela próxima hora juntos na cama. Agora ficava ansiosa o tempo todo, querendo ver no rosto dele se tudo estava bem, ele estava bem, nós estávamos bem.

A cada vez que pegava os filhos para passear, voltava mais acabrunhado. Eu não sentia pena: sentia raiva, indignação, e eu, e eu?

Reclamava mesmo sabendo que era errado:

— A gente nunca vai ter trégua, nunca vai ser feliz em paz?
Ele dizia:
— Ponha-se no meu lugar.
— Então volte pra lá, pra mulher, para os filhos.
— Ela parece tão doente. Meu sogro telefonou, está com medo de que ela se mate.
— Sogro não, ex-sogro! — corrigi, raivosa. — Você não tem mais nada a ver com aquela gente! — explodi, insensata. — Que ridículo, que chantagem mais antiga de mulher deixada!

Ele virou-se para sair do quarto, mas antes disse me encarando como a uma estranha:
— E não fale assim da mãe de meus filhos.

•

Então aquela a quem eu chamei "deixada", em vez de o processar, insultar, enxovalhar como tantas fazem, apenas se recolheu. Encolheu. Não comia não dormia não cuidava direito dos filhos. A mãe passava o dia com ela para ajudar.

Amigos falavam com ele, veja o que você fez, a mãe de seus filhos está péssima, pense bem. Ele chegava em casa e comentava tudo comigo. E fui tendo a certeza: Ele vai voltar para casa.

Certa vez, numa discussão, eu disse:
— Sabe, a culpa é uma mochila cheia de tijolos, você leva pra cá, pra lá, e não adianta nada. Vi isso um dia num filme e é verdade. Tem de botar fora. Ou você vai liquidar a nossa história.

Ele respondeu irritado:
— Você sempre com suas belas frases. Clichês. Falar é fácil.

•

O telefonema fatal no meio da noite: a mulher dele tinha tentado se matar. Como nos filmes, nas novelas, nos livros, mas na vida real isso não podia estar acontecendo comigo.

Sozinha na cama onde tinha sido feliz ela esvaziou dois frascos de comprimidos, quis dormir para sempre. Mas chegaram em tempo e ela foi salva. E assim eu o perdi. Perdi para ela, poderosa pela fragilidade. Na sua necessidade dele, ela era inarredável.

Ele voltou para a mulher, que depois se recuperou e ria e andava com pernas iguais; voltou para os filhos, que, ainda pequenos, sem nada entender, saltavam no seu colo de pai.

Afastou-se de mim completamente, cortou todos os possíveis laços. Saiu do escritório, e quando sem pudor eu pedia aos colegas seu endereço novo, seu telefone, diziam não saber. Quando descobri, telefonei, ele desligou e trocou o número do celular.

Estava fora do alcance do meu desespero.

Um dia nos encontramos por acaso. Um cumprimento seco, como se nunca tivéssemos tido nenhuma intimidade. Nada no seu brevíssimo olhar revelava qualquer sentimento.

•

Longo trecho sem sonhar, sem raciocinar direito, só cumprindo o que tinha de ser cumprido. Pensamento focado em coisas pequenas e concretas, os casos a estudar, o trabalho a fazer, os cuidados com o pequeno apartamento, de onde finalmente fugi voltando para a casa de meus pais.

Um dia haveria de reestruturar a minha vida: naquele momento, estava sem força.

No oco da noite rumor de espelhos se estilhaçando, milhares de caquinhos, milhares de palavras, de suspiros, de... Nas coisas mais rasteiras eu me salvava, ali não precisava de asas, ali era só eu cotidiana, a Dôda que os outros viam. Sem força nem para se reinventar. Que voltou para a casa dos pais, tentando ignorar as ironias da mãe; longas conversas com o pai mas sem abordar o assunto, o grande assunto do abandono e da dor.

Dolores talvez balançasse a cabeça, roendo as beiras da sua liberdade e cuspindo pedacinhos na minha cabeça.

— Quem manda ser romântica e boba?

•

Uma casa na madrugada é um barco que desencalhou, e singra a solidão de um mar sem gente. Será que nas longas noites aquele que amei também pensava em mim, acordado em sua fria cama? Ou era outra vez uma cama de ternuras com a mulher que por ele quase morreu? Que palavras dizia, que gestos fazia, que prazeres com ela sentia? Será que de manhã cedo os dois menininhos saltavam na cama dos pais, família feliz de propaganda de televisão, reencontrada depois de se haver perdido?

Porque eu me perdi de mim.

Às vezes procurava conforto na Casa do Mar, onde Vovinha me tratava como se nada tivesse acontecido de especial, nunca me interrogava, mas aos poucos despejei em seu colo toda a amargura maior do que aquele mar.

A vida era assim, para ela tudo era como nos oceanos, um vaivém, vaivém, em que as horas felizes e as horas amargas se alternam, e se a gente escutar direito alguma coisa sempre faz sentido.

Mas dessa vez eu não acreditava nela.

Foram anos sem registro de nada especial: solidão, obsessão pelo trabalho que me salvava, preocupação com Dália que aparecia e sumia na sua vida louca. Trivialidades preenchendo os buracos da alma: aquele poço consumiria séculos e toneladas de coisas para ficar outra vez um caminho suportável.

•

Nesse vaivém de mar e de vida de que falava Vovinha, tudo mudou mais uma vez.

Porque um bom tempo depois eu me casei.

Ninguém esperava, ninguém imaginava, até minha mãe se animou, embora irônica, e me presenteou com aquele comentário tão dela:

— Quem diria que até você... mas nenhuma panela é tão torta que não encontre sua tampinha.

A mim só importava que eu era normal, ia ter um casamento normal, uma vida normal. Era amada, ia ser feliz e queria que fosse de um jeito bem comum, bem simples, como todo mundo. Ou como eu imaginava que fosse a vida de todo mundo. Lembrei muito do que Dália tinha me dito quando, anos atrás, chorei no seu colo uma de minhas decepções adolescentes:

— Dôda, um homem que só fosse gostar de você porque tem duas pernas iguais e retas não ia te merecer mesmo. Você um dia ainda vai ser muito feliz.

Agora alguém me escolhia para toda a vida. Não precisava mais esconder a minha perna nem me encolher para caber no esquadro. Eu ia me casar. E era hora de armar a tenda de minha própria vida. Ali não haveria corredores escuros, espelhos traiçoeiros. Ali haveria vida, concreta e lúcida com seus deveres e seus prazeres reais.

Casei com um homem que parecia não dar importância ao meu defeito físico nem a minhas fugas em divagação e sonho. Ele achava um pouco de graça nisso, minha amada distraída, me chamava. Ele me quis, gostou de mim, e eu mergulhei fundo, finalmente ia ser uma mulher como as outras. Minha casa, meu trabalho, meus filhos, meu homem, um horizonte mais definido.

Sem hesitar, alegremente abdiquei de boa parte de mim: os livros amados, o velho sonho de entender o mundo, o projeto de brilhar mais e mais na profissão em que eu sabia que era boa, fazer doutorado no exterior, estudar mais... nada disso fazia parte dos planos de meu marido, nem ele queria saber. Eu manteria meu trabalho para ajudar no orçamento da casa, mas o principal para ele — e para mim — seria o cotidiano que estávamos construindo.

Certo, errado, eu nunca soube. Naquela hora tudo parecia natural, como eu não tinha percebido isso antes? Eu conseguia o que antigamente Dália profetizava para mim: uma felicidade normal.

(Dolores desnecessária, apagada em sua casa de vidro.)

•

Possivelmente, se ainda estivesse bem, Vovinha teria me alertado, filha, filhinha, é isso mesmo que você quer? Essa é a sua escolha? Teria me prevenido, pedido que eu refletisse mais, que não mudasse tanto a minha vida por um homem.

Vovinha sabia das coisas.

Eu provavelmente teria respondido:

— Não é por ele que estou mudando, Vovinha, é por mim. Cansei de viver sozinha, deitar e acordar sozinha, trabalhar e estudar não é tudo, deixou de ser o mais importante, eu preciso de vida.

Ela teria me abraçado sem insistir, estreitando um pouco aqueles olhos de gato.

Mas Vovinha estava fechada na sua casa junto ao mar onde chorava o seu marinheiro para sempre embarcado na viagem sem volta.

Nos últimos anos ele tinha enveredado por um mundo só dele, onde falava com amigos mortos, às vezes não reconhecia Vovinha, ou ficava calado sem reagir. Depois parecia lúcido como sempre, e devia perceber que algo estava errado, pois dizia com o velho sorriso sedutor, segurando a mão dela:

— Essa viagem foi muito longa. Mas agora fique tranquila, eu voltei. Tão cedo não viajo mais. Está mesmo na hora de me aposentar.

Ela concordava sem questionar, e foi de uma bondade e de uma ternura incansáveis com ele. Os muitos anos de cumplicidade e amor não lhe permitiam queixas: era ainda, e sempre seria, o seu homem, o seu amor maior, o seu marinheiro. Foi o único período em que ela não gostava muito que a visitássemos: queria preservar para todos a figura dele, alto e forte e alegre, cheio de histórias e memórias, com seu cachimbo e espírito aventureiro.

Certa manhã ela não o encontrou a seu lado nem na casa toda, e descendo para a praia viu as roupas dele dobradas daquele jeito disciplinado aprendido na Marinha.

Não adiantou chamar, gritar, chorar, correr de um lado para outro diante do mar, reunir vizinhos e polícia e bombeiros e mergulhadores. O corpo apareceu dois dias depois em uma praia vizinha: provavelmente sentiu vontade de nadar e as ondas o levaram para o fundo das águas.

Minha mãe ficou alguns dias com ela, mas sem meu avô aquela relação já frágil se dissolvera em nada. Eu estava envolvida no meu casamento próximo. Dália ficou na Casa do Mar por duas semanas, contou que choravam juntas, e que Vovinha repetia sem parar a história daquele amor tão intenso que não deixara ninguém mais entrar.

Viveu ainda vários anos, mas parte dela tinha ido embora com o seu marinheiro. Sei que, enquanto eu decretava que agora, sim, ia ser feliz como todo mundo queria ser, à noite, quando a solidão apertava demais, ela saía de casa enrolada num de seus mais belos xales e ia para a beira do mar falar com seu marinheiro morto.

•

Enquanto isso eu me dedicava a construir uma vida concreta, real, uma vida boa.

Tive minha casa, tive dois filhos, e um bom marido, continuei no meu trabalho — agora sem me dedicar demais, e devia ser uma mulher de muita sorte, pois afinal não era fácil me amar, e casar comigo. Na gravidez, das duas vezes tive cuidados extremos: o ciclopezinho de minha irmã acenava para mim em pesadelos. Criancinhas mancavam ao meu redor em pesadelos.

Mas tive dois meninos saudáveis e bonitos.

Nos primeiros anos a rotina foi infinitamente reconfortante; havia um objetivo para meus dias. Eu era a minha família.

Entender o mundo, ler todos os livros pareciam coisas de adolescente. Acolhida na cama entre os meus lençóis tranquilos, raramente lembrava Dolores, agora espelhos eram só espelhos, eu quase achava graça das minhas fantasias antigas. Gostava de ser Dôda.

Achava assombroso observar os filhos crescendo. Começando a andar; a falar; a olhar o mundo: qual seria a realidade de uma criança? Quando sua noção do tempo, do seu próprio espaço numa sala, o que veria em nós adultos, mais do que pretendíamos demonstrar? Tudo aquilo me emocionava até às lágrimas. Nunca eu tinha sentido nada igual, aquele amor, aquela ternura, aquela força que me vinha deles, da necessidade que tinham de mim.

Da importância que eu assumia na vida deles.

Fui totalmente apaixonada por eles, pelo seu cheiro de bebês limpos, ou de meninos suados saudáveis, por suas curiosidades e perplexidades na adolescência, e quando viraram homens eu os teria como meus amigos.

Então eu era o que se chamava uma pessoa feliz.

Não tinha mais necessidade de inventar nada nos espelhos nem de invejar as extravagâncias de Dália, minha irmã de tantos amores e amantes, a quem nossa avó tinha chamado de perdida. Eu me sentia, não Dôda a obtusa, mas Dôda uma mulher plena lavando pratos quando a empregada não vinha, e levando os filhos para o colégio de carro a caminho do escritório.

Naturalmente minha mãe protestava:

— O quê, você com essa perna, dirigindo carro? Só pode ser loucura.

Respondi:

— Mãe, eu tenho um defeito mas não sou aleijada. E eu sempre dirigi.

— Mas não devia levar crianças no carro. É irresponsável, mas você sempre foi assim.

A opinião dela agora machucava muito menos. Ela nos visitava algumas vezes, vinha almoçar, ver os netos pelos quais nunca mostrou afeto especial. Queixava-se de que eram mal-educados e barulhentos. Eles por outro lado a achavam uma avó muito enjoada, sempre com aquele olhar reprovador que eu conhecia tão bem.

De meu marido, dizia:

— Seus filhos são mal-educados porque você não tem autoridade nenhuma, mas também porque seu marido nunca diz nada. Você casou com um banana feito seu pai.

•

Eu sozinha, eu Dôda, agora Dona Dôda, conseguia viver só do lado de cá, na rotina corrida, os filhos, o colégio, as contas, o marido, a casa, eu mesma trotando meio torta mas acostumada com isso e não me sentindo mais a coitada da menina manca. Era uma boa sensação, acompanhando com meu marido os ciclos naturais: os filhos cresciam, a gente envelhecia um pouco, estávamos acomodados e estávamos bem assim.

Eu ainda trabalhava bem, pagava dívidas, abafava dúvidas e prestava contas. Era uma boa parceira para o meu bom marido. Uma boa mãe para meus rapazes.

E quando os via juntos, meu marido e nossos filhos, jogando bola, fazendo palavras cruzadas, assistindo a jogos de futebol ou nadando quando estávamos na praia, eu era dominada por uma sensação de plenitude e harmonia que nunca julgara possíveis.

•

Havia quem me dissesse que eu abdicara demais de uma carreira que prometia ser brilhante; que vivia demais em função dos outros. Mas para mim era a escolha certa. Aquela que me fazia prescindir de cintilações ou rostos nos espelhos, e adormecera na sombra um tigre de olhos azuis na infância.

Eu, a desamada, a tortinha, a do internato, a rebelde, eu construía uma vida. Era uma dessas mulheres que estão sempre arrumando armários e comprando coisas e trocando os móveis de lugar ou correndo para o supermercado, ah, os supermercados.

Estava tudo bem.

•

Mas quando meus dois meninos foram crescendo, tendo seus amigos, suas turmas, o esporte, depois as namoradas, e não precisavam mais tanto de mim nem me solicitavam tanto, devagar eu conheci a mesmice e o tédio que fazem parte de uma boa vida, mas talvez fossem fatais para minha alma desassossegada.

Tive medo de analisar o que tinha se tornado minha vida, o que eu fazia no trabalho, o casamento esfriando na rotina, o marido agora um velho amigo sem surpresas como certamente eu era para ele, os filhos mais distantes.

Então aqui e ali em algum espelho algo fremia como asa de borboleta, como pálpebra pronta para se erguer, como tumulto quase imperceptível — mas real — nas águas quando alguém atira uma pedrinha.

Eu não queria ver: dizia a mim mesma, nem pense nisso, não mexa na sua casa, na sua vida, nessa estrutura tão bem montada, nem pense em trocar, está uma beleza, essa casa é a sua cara, as pessoas diziam.

E era.

•

Quando me sentia inquieta demais, cansada do trabalho e dos compromissos em casa, reflexos começando a pulsar demais em algum espelho e olhos azuis se abrindo nos meus sonhos, eu pegava meu carro e avisava o marido e os meninos:

— Vou passar este fim de semana na praia, preciso descansar um pouco e quero ver Vovinha.

Ninguém se importava, e era bom assim. Começava a ser bom, estranho mas bom, não ser a prioridade da vida deles.

A Casa do Mar continuava meio descosida como eu própria me sentia: móveis e objetos de toda parte, cores e ainda velhíssimos aromas. Eu me sentava na sala, me enrolava num daqueles xales de seda, aspirava numa velha almofada o cheiro de cachimbo de meu avô.

Vovinha parecia recuperada, embora sem a antiga alegria. Nunca me pressionava, não queria saber, era ainda o mesmo vulto benfazejo que, como na infância, me trazia um chocolate quente antes de dormir.

Perguntei:

— Vovinha, vendo você agora tão triste sem o vovô, fico pensando em como antigamente aguentava as semanas ou meses em que ele ficava no mar.

Ela não hesitou:

— Eu hibernava.

Vendo meu olhar surpreso, acrescentou:

— Cada um se salva do jeito que pode.

Então as suas depressões, seu isolamento, haviam sido seu jeito de se salvar. E minha mãe pagara o alto preço.

Numa daquelas noites Vovinha me disse:

— Seu avô e eu deixamos escrito e assinado: quando eu também me for, o apartamento da cidade fica para Dália e sua mãe, e esta velha casa é sua.

— Vovinha, não fale nisso.

— Você acha que eu quero deixar seu avô me esperando muito tempo?

Não havia como discutir.

Naquele conforto de colo de mãe que eu não havia conhecido mas Vovinha e sua casa me davam, eu costurava as partes que ameaçavam se descoser. As lágrimas no banheiro com um espelho discreto. A perna curta doendo, mas ninguém parecia reparar. Quando conseguia me mexer sem sangrar voltava para a minha vida, meu bom e manso cotidiano.

•

Minha irmã pediu para ficar uns dias conosco: não queria enfrentar os delírios de nossa mãe que só via nela a pobre maltratada pelo destino e pelos homens maus. Queria livrar-se de um amante incômodo e agressivo. Estava com medo de adoecer, disse. Também pensava em largar a bebida, então nossa casa seria um refúgio por poucos dias, para se reorganizar.

No começo eu não quis, estava cansada daquelas trapalhadas constantes, mas meu marido, mais bondoso do que eu, insistiu:

— É sua irmã, não podemos deixar na rua. Ela fica só uns dias, como sempre, você vai ver.

Então ela ficou. Tivemos um breve período de cumplicidade como na adolescência, um renascer do antigo afeto. Eu fazia mil recomendações, você ainda é nova, largue dessa vida, volte a trabalhar, você ainda pode encontrar um companheiro bom, ter suas coisas, sua casa, sua saúde.

O rosto dela começava a mostrar sinais evidentes da vida desregrada, muita bebida, talvez drogas, sempre novos amantes em camas sem ternura. A tristeza embaçava os olhos de ágata negra com lasquinhas douradas.

Ríamos lembrando coisas passadas, a escola, as reuniões de família, tia Carola, as manias de mamãe, a Casa do Mar.

Um dia ela disse:

— E o Deco? Você lembra do Deco?

Ele emergiu meio vago da minha memória:

— O menino que a Nena, da Casa do Mar, achava que tinha, o filho invisível?

— Esse mesmo. Você dizia que brincava com ele.

Rimos juntas, mas eu não lembrava de jamais ter lhe contado aquele segredo. Ou contei e esqueci. Dália disse que sempre tinha invejado aquelas minhas maluquices. E eu invejava nela o ser ereto, livre e bailarino.

— Como éramos bobas — ela disse, e eu concordei:

— É mesmo. Como éramos bobas.

•

Certa manhã explodiu uma alucinada cena familiar na minha cozinha: meu marido tinha reclamado de alguma coisa que Dália fazia, barulho de madrugada pegando bebida na sala, louça suja na pia, chegar fora de hora e se despedir ruidosamente do seu garotão na porta da casa, não lembro mais.

Isso desencadeou uma discussão violenta como eu nunca tinha presenciado. Sem eu saber, para lhe fazer um favor, meu marido tinha comprado para me dar no Natal a única joia que tinha restado a minha irmã: um pequeno brilhante, dado pelo marido ao saber que ela tinha engravidado.

(Ali havia muita coisa de que eu não fazia ideia, o anelzinho acabou simbolizando isso: ruptura, alienação. Algo que se quebrava sem conserto.)

Ouvindo os gritos dos dois, corri para ver o que havia: estavam desfigurados de raiva, ela por fim berrou, voz esganiçada:

— Você é um ladrão, ladrãooooo!!! — vociferava, dedo em riste na cara dele. Botei as duas mãos na boca, o que ela estava querendo dizer? Meu marido me olhou, e me disse também aos gritos:

— Essa sua irmã é louca, eu só quis ajudar, quis ajudar e olha o que está dizendo!

— Ajudar quando? O que foi? Do que vocês estão falando?

Era uma história esquisita ligada àquele anel de que eu nem lembrava, que para Dália se tornara símbolo do bebê disforme, ela nunca mais tinha usado. Meu marido tinha comprado, mas algo devia ter saído errado porque Dália cobrava mais do que tinham combinado, ou simplesmente estava delirando.

Meu marido finalmente disse com voz ainda alterada:

— Hoje mesmo esse anel lhe vai ser devolvido. Mas você nunca mais fale comigo, ou apareça na minha casa. Para mim, e para a minha família, você deixou de existir. E eu proíbo sua irmã de algum dia de novo falar com você.

Depois ele me levou para o quarto e me contou toda a infeliz história do anel. Eu tremia, meus joelhos tremiam, chorava baixinho, depois o abracei e pedi, manda ela embora logo, logo, logo embora daqui.

Dália levou sua patética malinha e se foi sem despedidas. Por longo tempo não nos vimos mais. Minha raiva foi se acalmando, quase esqueci aquele incidente, até meu marido afinal disse que precisávamos ter alguma compreensão, Dália não podia ser levada a sério, o filho monstrinho acabara com ela, não tinha jeito.

— Fique longe mas tente perdoar, ela é sua irmã. Não pense mais naquilo, não deixe que envenene a nossa vida.

Achei que meu marido era melhor do que eu.
(Eu ainda não sabia de nada.)

•

Quando meu pai adoeceu muitas coisas outra vez mudaram, o vaivém de ondas da vida nunca cessava.

O coração dele começou a falhar e ordens médicas radicais o afastaram de tudo o que ele gostava: boa mesa, bons amigos, longas caminhadas, até trabalho, algumas horas no seu pequeno escritório o deixavam exausto. Um ajudante tomou conta, depois tudo foi fechado, viviam de poucas economias e dinheiro que meu avô tinha deixado para minha mãe.

Em alguns meses emagreceu muito, nunca mais lhe permitiram um copo de uísque, nem uma vez por semana, ou de vinho, nem um só. Ele cumpriu, pois minha mãe vigiava como uma serpente pronta para o bote, e chantageava:

— Perdi muito na vida, os sonhos, as esperanças, uma das filhas, o neto monstrinho... perder marido eu não aguento.

Meu pai, culpado de não ser imortal, obedecia. O olhar cada dia mais desinteressado, o rosto mais envelhecido. Comidinha rala, coisa hospitalar, caminhava pouco e devagar, suspirava ou tinha falta de ar. Minha mãe não perdoava. Eu vinha de visita, e perguntava por parentes, por amigas dela de outros tempos, pois não tínhamos assunto e eu não queria que ela só falasse da doença do marido. Ela respondia na frente dele:

— Eu lá ainda conheço alguém nesta cidade? Minha vida hoje é só cuidar do seu pai.

Ele me olhava com um meio sorriso, quase concordando. Foi quando tive de me reencontrar com minha irmã, nós duas queríamos cuidar do pai, e atender a mãe, ou defendê-lo da irritação com que ela, em pânico, o assediava. A história absurda de um pequeno anel não valia a pena ser remoída. Dália e eu começamos a nos reencontrar fazendo de conta, como tantas vezes se faz, que nada havia acontecido.

•

Nossa mãe não dava trégua, encarnava a mulher a contragosto amarrada a um doente. Não tinha pudor de falar nisso.
Dizia:
— Não tenho vocação para enfermeira. Ele está cheio de manhas, qualquer coisa dói, vive choramingando, acho que tem medo de morrer, pura imaginação de velho.
Eu pedia:
— Mãe, tenha mais paciência com ele, está doente, você vive reclamando... afinal vocês estão casados há séculos, e ele sempre foi um bom homem.
Ela se indignava:
— Eu lhe dei a minha juventude, lhe dei filhas, me dediquei, fiz tudo, e o que ganhei? Uma casa velha, um marido doente, uma vida sem graça, nunca fizemos uma grande viagem, nunca me deu uma joia cara, só tenho empregada três vezes por semana, o resto eu faço sozinha.
Para ela a vida lhe pregara uma grande peça com aquele casamento. Nada tinha saído conforme seus planos. Nada compensara a solidão da infância, o amor exclusivo dos pais que não lhe permitiam acesso, e tantas coisas que nós nunca descobrimos.
Ou não quisemos saber.

•

Meu pai caiu como uma árvore abatida, fazendo a barba. Ouvindo o baque minha mãe acorreu, Dália e eu atrás dela, eu tinha acabado de chegar, Dália naquela noite tinha dormido cedo e já estava acordada.

Agarrada nele, estendida sobre ele no chão de ladrilhos frios, minha mãe gritava o nome dele, gritou e chamou incansavelmente como se o pudesse fazer voltar. Pensei, meu Deus, nunca imaginei que ela gostasse dele! Depois foi choramingando, cada vez mais baixo, e se calou. Mas não o largou, petrificada num abraço de estátuas de cemitério.

Ela não acreditava no que tinha lhe acontecido. Não acreditava no que ele tinha feito. Não acreditava que havia passado o tempo, qualquer tempo, para refazer, remendar, falar, admitir algum afeto, um amor.

Nosso pai estava quieto, olhos muito abertos como se apenas mirasse o teto com aquela mulher desfeita em cima dele. Foram precisos dois homens, nossos vizinhos, para fazê-la abrir os braços crispados. Depois do velório, do enterro, ela se fechou no quarto, não saía. Batíamos à porta, ela quieta. Voltávamos, e nada. Não adiantava chamar.

Eu me afligia:

— Ela não vai comer? Será que aconteceu alguma coisa? Você acha que ela se matou?

— Mamãe? Essa não vai se matar nunca!

— Não fala assim, Dália. A gente devia ter tirado a chave da porta...

— Dôda, você não aprende. Nossa mãe não ama ninguém.

Eu tinha minhas dúvidas. E se ela estivesse descobrindo um amor atrasado, nunca exercido, nunca dito, de que nem ela mesma sabia?

Dália dava risada:

— Só você, para ter essas ideias.

o tigre na sombra | 99

•

Muita gente queria ajudar. As pessoas ficam muito boas quando alguém morre. Nessas horas aparecem parentes, primas, cunhadas, que na vida normal nem conhecemos direito: a morte une e reúne os mais desconexos e singulares, até que o cotidiano volte a engolir todos. Tia Carola reapareceu, alta, magra, ruiva, sem a namorada antiga. Eu quase a tinha esquecido, mas estava lá, chorando o irmão e tentando nos consolar.

Duas semanas depois nossa mãe voltou à vida normal. Assumiu a rotina, agora mais leve sem um doente grave em casa. Percebi nela o olhar mais frio do que antes, a boca mais descaída nos cantos. Não era sofrimento, dizia minha irmã, era raiva, do morto que a tinha abandonado.

— Não fala assim, ela está sofrendo. Você reparou que não para de falar nele, até elogia, lembra coisas boas, coisas que antes sempre ridicularizou?

— Ela está é com pena de si mesma. Agora vai entender como ele era bom, como gostava dela, como aguentava tanta maluquice. Tudo neurose de viúva recente. Perdeu um marido que nunca valorizou, agora vai assumir o papel da vítima.

•

Senti muito a falta dele. Como acontece quando morre alguém, lembrava fatos, detalhes, coisas que ele fazia por mim, para mim, para que eu me sentisse bem, para compensar o desamor de minha mãe. Não parecia notar que eu era diferente; não lhe importava que eu jamais fosse uma bailarina; que não pudesse caminhar com elegância, que fosse criança rebelde, uma adolescente difícil.

Para ele, eu era apenas a sua menina: a sua flor. E de alguma forma tinha sido meu pai e minha mãe. Vivia fechado em seu pequeno escritório, onde reinava um aroma de papel amarelado nas prateleiras, tantas pastas, tantos documentos. Cheiro dos cigarros de alguns clientes. Meu pai cuidava de parte das vidas dos outros, e não tinha sabido organizar a sua. A solidão dos homens me impressionava quando eu pensava nele, em meu cunhado, em tantos.

•

(Emoções intensas num atropelo que me fazia ofegar. Respirei fundo. Sentei ao lado da cama, peguei a mão gelada.
Dália fechou os olhos, suspirou e pareceu relaxar.)

•

Minha irmã alternava como sempre períodos calmos com um giro aflito, novas amigas, novos homens, drogas e bebida. Raramente dormia em casa. Discutimos porque ela queria que minha mãe lhe financiasse um carro.

— Dália, você enlouqueceu. Do jeito que bebe, não pode dirigir mais da metade do tempo. O carro vai acabar ficando com um de seus namorados, e a mamãe não tem dinheiro para fazer isso, vai se prejudicar.

— Tem o dinheiro que o vovô deixou.

— Mas, se gastar desse jeito, não dura muito.

Minha mãe se interpôs:

— O que você quer, que sua irmã ande sempre de ônibus?

Tive um lance de maldade:

— Pelo menos assim pode beber o dia inteiro sem problema.

Em lugar de brigar e dizer palavrões como era seu costume, dessa vez Dália saiu da sala chorando, minha mãe ficou indignada:

— Sua irmã nunca teve a sua sorte, o marido era um bobo, os empregos ruins, os chefes a exploravam, tanta coisa.

— Mãe, meu bom emprego aconteceu porque estudei muito, fiz uma faculdade, trabalhei duro. O marido dela era o máximo, fez de tudo para não se separarem.

— Você nunca entendeu a sua irmã. Até seu marido às vezes ajuda a cunhada, só você nem se importa.

Minha mãe depressa desviou os olhos, viu que tocara num assunto inconveniente, nem ela ao certo sabia por quê. Meu marido ajudava Dália sem eu saber? Então se falavam, se encontravam, escondido de mim?

Fiquei muito ansiosa, quis interrogar, mas decidi que provavelmente Dália sentia mais vergonha de mim do que dele, então a ele pedia ajuda. Quem sabe tinha sido uma única vez. Ou era mais uma invenção de minha mãe em defesa de Dália, e para me aborrecer.

Não sei se tudo são escolhas ou se algumas coisas vegetam feito plantas carnívoras nas nossas circunstâncias e na nossa bagagem psíquica. Nunca vou saber. Não adianta saber.

Havia sempre o avesso da vida, de que Vovinha falava. A árvore dos sonhos também lança sombra. Melhor não remexer na terra escura entre as raízes.

Ali eu não sabia o que esperar.

Eu não sabia o que me esperava.

(Melhor não saber, murmurava em borbulhas uma Dolores naufragada).

4 | *O tigre espera*

*Entre mim e a sedução do mar
não avanço nem fico: escuto.
Quando devo decidir, espero:
a escolha pode ser a morte,
e ainda não quero me suicidar.*

*Entre mim e tudo, um fino espelho.
Moro nas duas faces: assim
não pertenço a nenhuma.
Não me pedem cor de olhos
nem datas nem perfil:
o que importa são as perguntas.*

(Não saber é melhor do que saber.)

Quando pensei estar fazendo todas as coisas certas e boas (porque não sabia de nada), dirigindo o carro, examinando casos do escritório ou dobrando roupas nos armários, eu surpreendia em mim fantasias que pareciam memórias reais, como as pessoas dispersas que tinham sido importantes e nem apareciam mais, ou se confundiam com experiências talvez verdadeiras.

(Vovinha diria que não fazia diferença.)

Delas participavam aqueles tios alegres e barulhentos, tia Carola com a namorada, meu pai com suas melancolias e seus segredos, o eventual cheiro de bebida e os rompantes, Dolores a do espelho, vivências alegres com Dália antes de tudo desmoronar porque os dedinhos do pequeno ciclope arranhavam sem parar a alma dela.

— O destino foi muito duro com ela, Vovinha — comentei certa vez na praia —, depois que se livrou daquele tormento que era a nossa mãe, foi lhe acontecer aquele horror.

— Destino nada, minha filha — sentenciou Vovinha. — Escolhas que a gente faz. Escolhas, escolhas!

— Mas, Vovinha, aquilo foi uma fatalidade, ninguém escolhe ter um bebê deformado!

Ela pensou um pouco e concluiu:

— Às vezes a fatalidade escolhe a gente.

•

No tempo determinado em que se amadurece, que tanto faz serem os anos de ouro ou chumbo, decidi desenrolar esse maço desencontrado de alegria e dor e susto e medo. Quando eu só queria fingir na superfície, meu pensamento se enfiou atrás da máscara conhecida, e senti:

— De que estou me queixando? Eu construí com essa argila, tramei com esses fios, bordei, pintei, esculpi com dor e êxtase, com o trabalho das horas de viver uma vida.

Esta sou eu: Dôda.

Eu escolhi ser essa.

Mas em minhas fantasias às vezes de novo quero ser Dolores, o desencontro o desdito o transverso o avesso. A mentira mais real que a verdade.

Antes que alguma outra hora chegue, qualquer hora melhor do que esta, eu hesito. Fiz isso durante toda a minha infância, e juventude, até me adaptar ao que chamavam uma existência pacata e útil, com uma rotina certa e afetos sossegados. O maior tumulto era o jantar dos filhos, o boletim da escola, o vestibular, o medo da droga, de acidentes de carro, todas as coisas que atormentam uma mãe. O marido querendo se aposentar, eu ainda gostando do meu trabalho: amor e ódio, uniões e separações, mágoa, frustração, desejo de vingança, crueldades de que em tempos normais aquelas pessoas jamais seriam capazes.

•

Hora tenebrosa.

Passados tantos anos que eu julgava bons, em que me senti segura, amada e valorizada, dispensadas as velhas fantasias que me ajudavam a viver, descobri que meu marido estava tendo um caso.

Como a gente descobre que o tédio venceu outro também, e o dominou e assustou, que ele, como a gente, precisa de alegria ou delírio, como a gente precisa — mas a gente se controla, supera, sublima, e ele não? Eu soube por recados indiretos, olhares, alusões de outras pessoas, ou por cheiros, ausências, um jeito dele todo diferente, me olhava como se tivesse medo de ser descoberto.

De repente não era mais meu marido, meu parceiro de tantos anos, pai de meus filhos, ele.

Era outro.

Dentro dele outro fervia, e não era por mim. Mais uma vez eu não quis ver.

Eu me neguei a saber.

Alguém — sempre tem alguém — do trabalho certa vez aludiu a isso, estavam vendo meu marido com outra mulher. Num bar, num restaurante, numa esquina. Entrando em um hotel.

— Mas ele não vai a bares, e restaurante só às vezes, comigo, e olhe lá! — respondi fingindo achar graça. (Me olharam com pena?)

Mas a semente estava lançada, criava vida e se movia em mim o verme da suspeita. Fiz o que faziam tantas mulheres que eu atendia em meu escritório, quando a desconfiança corria entre elas: mexi na pasta dele, nas suas gavetas, no seu celular quando ele tomava banho, cheirei sua roupa, escutei na extensão do telefone fixo, e não senti nenhuma vergonha por isso.

E um dia o interpelei:

— De quem é esse número que aparece tanto no seu celular?

— Você anda investigando minhas coisas? — ele perguntou, olhos se desviando inquietos.

— Não, eu só tinha deixado o meu no escritório, precisei ligar do seu.

Ele deu uma resposta qualquer, era mentira, eu senti que era mentira, juraria por meus filhos. Insisti mais vezes, começava a me desesperar. Como todos, como sempre, ele negava com firmeza, você está louca.

Louca, apelei para os filhos, a quem ele disse com ar divertido e cúmplice, como acontece entre homens:

— A mãe de vocês está doida. Isso passa. Todas ficam assim, são os hormônios, é a menopausa.

No começo eles também acharam graça. Eram bons rapazes, gostavam da mãe e do pai. E vieram falar comigo:

— Imagina, mamãe, o pai está ficando velho, está sossegado, nem quando moço te traiu, a gente tem certeza. Não invente coisas que não existem!

•

O que estava enfiado em mim, o que me varou e não sairia nunca mais, deixou uma ferida aberta com sangue e imundície escorrendo cada vez que eu lembrava. Lembraria o tempo todo por muito tempo.

A outra não era uma desconhecida. Não era um caso eventual — que mesmo assim teria me rasgado ao meio. Não era nada que eu pudesse atribuir a uma crise, fingir que ignorava, chorar e deletar.

A outra, a amante de meu marido, tinha nome de flor: a irreverente, a perdida, minha protetora na infância, meu ídolo na adolescência, minha preocupação todos os anos depois. Foi fácil descobrir, a verdade veio até mim, me atingiu como um bote de serpente desejosa de me envenenar.

Dália estava bêbada quando me ligou com aquela voz pastosa que me assustava:

— Boboca, você toda certinha, achando que é grande coisa, saiba que passei duas horas com teu marido esta tarde.

Não compreendi, perguntei, o quê, o quê? e ela repetiu debochada:

— Estive hoje na cama com seu marido. Duas horas. Quase a tarde inteira.

Desliguei na cara dela, era só o que me faltava. Bêbada de novo, ou drogada, a ideia era tão absurda que eu quase dei risada. Fui preparar o jantar, mas uma febre maligna corria no meu sangue.

Dália telefonou de novo. Desta vez escutei sem desligar, dor e raiva subindo feito maré quando chega a sua hora e nada detém.

Então falei:

— Você está é com inveja de mim, Dália, eu com tudo certo, casa, filhos, marido, apesar de meu defeito eu dei certo. E você aí, que foi bonita e invejada e amada, olha o que se tornou. Nenhum homem decente ia te querer hoje, só esses garotões que você agora arruma e paga.

Falei já me arrependendo da maldade pois ainda não queria acreditar. Mas minha irmã, diabolicamente, me descreveu um detalhe da intimidade dele que só eu no mundo inteiro podia saber.

Toda a vida organizada, cumprida, construída, desmoronou. Em todos os espelhos do mundo ecoaram risadas que pareciam cacarejos. Caía em cima de mim uma alta torre de pedra, ouvi meus ossos sendo triturados. Aquela onda era poderosa demais, não havia como me encolher e esperar que passasse: ela me levaria até o fundo, me esfregaria na areia, me largaria na praia esfolada e quase morta.

Larguei o telefone e me sentei no chão e chorei em grandes soluços de criança magoada, até ficar exausta.

Sabendo que de nada adiantaria.

Sabendo que era verdade.

Sabendo que eu não tinha sabido de nada.

Quando meus filhos chegaram não havia jantar nem luz acesa. Me interrogaram assustados, mãe, você está bem? Você caiu? Você está doente?

Mas eu me deixei ficar ali sentada no ladrilho da cozinha, e não lhes expliquei nada. Eu só queria morrer.

•

Quando meu marido entrou em casa desabafei.

Me levantei do chão, descabelada e desfeita, e ali mesmo, na frente dos filhos que acorreram, entre panelas e pratos e talheres e as coisas mais concretas e familiares de minha vida, eu gritei, arquejei, gemi, lembrei da agonia de minha mãe agarrada ao marido morto talvez tardiamente amado.

Eu me agarrava à minha vida morta, minha ilusão, minha coragem, o melhor de mim, morto, cuspido em cima, coberto de urina e fezes e monstruosidade pelo homem que eu amava e pela irmã. Fui vulgar, gritei coisas horríveis, acusei, não me importava ser justa ou injusta, eu estava ferida de morte.

Nenhum insulto seria suficiente para recobrir aquele opróbrio, dormindo com minha irmã e voltando para a nossa cama.

●

Nos dias seguintes ele ainda tentou negar. Mentia de um jeito insistente, mas seu olhar já não era franco, ele nervosamente mentia. Eu queria, ardentemente queria ainda acreditar que tudo tinha sido um erro impensado dele, ela o havia tentado para essa aventura que acabaria mal, nossa vida continuaria como antes. Ou era tudo invenção de minha irmã, suspeita minha infundada, quem sabe, quem sabe.

Não tenho como descrever o vazio que se escancarava diante de mim, dentro de mim, um ir e vir de dúvidas, um tumulto de sentimentos, um tipo de loucura.

Por alguns dias fomos patéticos, ambos transtornados, mas finalmente ele parou de negar — e sem explicações se foi. Como se há muitos anos esperasse aquela chance de mudar, de viver, pegou suas coisas, mandou buscar o resto, não vi quando se despediu dos filhos espantados, mas já eram homens e logo também iam viver suas vidas.

Eu me enxerguei como aquelas tantas mulheres cheias de ódio que faziam de tudo para arrasar com aquele a quem um dia tinham amado, com quem haviam construído uma vida, e agora não queriam liberar por mais que o casamento estivesse acabado. Por fim o marido, cansado de discutir ou de fingir, acabava partindo.

— Eu divido minha cama com a outra, mas divórcio não vou dar nunca! — me disseram mais de uma vez em meu escritório.

Mas para ele não havia mais negociação, já estava longe, já estava distraído.

Meus filhos, como os filhos daqueles casais, não tinham culpa de nada, não haveriam de pagar o preço por erros que eram nossos.

Ou meus?

Por que de repente um bom homem procura amor, sexo, calor, fora de casa? Por que de repente se tornou um canalha? Ou por que aquilo que a mim servia o deixava infeliz e nunca falamos sobre isso? Por coisas que nem percebi, momentos que ignorei, perguntas que não respondi porque não lhes dei valor, eu estava ocupada, estava distraída, eu não estava lá?

Ou desde sempre aquela tinha sido uma escolha errada, errada para nós dois, mas a gente não sabia?

•

Minha companheira permanente daquele tempo, a dor da alma, mais cruel que a cotidiana dor do corpo: aquela daquele jeito era nova e eu não sabia o que fazer. A dor de ser traída por pessoas que me eram as mais chegadas, que mais me conheciam, que tinham de me amar, e cuidar como eu cuidava delas... a dor. As dúvidas, as acusações, os questionamentos sobre mim mesma, e nunca chegar a conclusão alguma, porque eu estava transtornada demais.

Fases terríveis, fases suportáveis. O cotidiano reclamava, eu tinha obrigações, a casa não podia desmoronar, havia o escritório, os filhos homens ainda morando comigo.

Eu nem ao menos tinha Dália, a traidora, para chamar, nem Vovinha para dizer: estou morrendo de tanto sofrer, me ajuda. Pois Vovinha também tinha morrido: a empregada que agora morava na casa, acordando de manhã, a encontrou no sofá da sala, enrolada no seu mais belo xale.

Vovinha tinha se enfeitado para encontrar seu marinheiro. E se fora.

•

As pessoas morrem demais.

A morte: o que ela faz com a gente. Arranca as entranhas, te deixa vazia, por dentro só uma ferida aberta, mucosa inflamada e suja. Você só por obrigação se arrasta num mundo irreal, queria mesmo era ficar na cama. Pessoas chegam, falam, tocam você, dizem coisas sem sentido, o mesmo de sempre, reaja, a vida continua, o mundo não acabou, ele ou ela queria que você continuasse vivendo bem.

Vão embora. Alguma fica por perto, medo de que a gente se mate? Tiram a chave do quarto para a gente não se matar?

Depois de algum tempo você tem de fingir que está quase normal, tripas, coração e cérebro no lugar outra vez. Mas é mentira. A dor não cessa, nem quando a gente dorme. Dormindo diminui, sonhos tão reais, com a pessoa perdida. Acordar é o recomeço da tortura, a primeira sensação, escutar um carro lá fora, alguém falando na sala, baixinho para a gente não se perturbar e continuar dormindo, viúva, órfão, sem filho, incomoda menos, preocupa menos, quando dorme.

Aí a gente emerge devagar ou num soco das águas mornas do sono, ou fundo de poço, e de repente a realidade como um sol ofuscando as retinas: ele morreu. Ela morreu.

A morte é uma traição.

Coração, estômago, tripas, tudo se contorce, a gente se contorce como um verme largado na laje quente ao sol.

As pessoas morrem demais e de tantas maneiras.

Se foi, se foram, nunca mais. Nunca mais o rosto, a voz, o cheiro, o toque, a risada, o pranto, nunca mais o amor, ou a preocupação, nem as discussões, nunca mais.

Vazio. Vazio. Vazio. Quando os espelhos ficam cegos porque a gente perdeu a alma para o lado da sombra. Última esperança de que seja mentira, a gente abre os olhos, diz alguma coisa, chama um nome, e alguém entra no quarto com aquele olhar ansioso e compungido. Mas nunca é o que morreu ou que traiu.

Aí sabemos que, sim, a gente está de castigo, está no escuro, está no nada.

•

Dália com seu corpo forte e suas pernas iguais — como eu não tinha percebido, desconfiado de nada? Chegava usando, apesar da idade, vulgares vestidos e saias curtíssimas que ficava puxando para baixo. Por um pudor sem sentido, ou para provocar mais?

— Como você continua antiquada, mana! — dizia quando eu comentava.

Vi algum olhar malicioso de meu marido sobre ela? Houve sussurros, trejeitos, jeitos dos dois, que eu nunca notei, eu, preocupada com a minha vida certinha?

Certamente era longe de mim que se encontravam, quem sabe se consolavam, ela do bebezinho monstro que não a largava, ele da mulher convencional, chata e torta que a vida lhe destinara. Eu lhes desejei todo o mal do mundo, me senti pior do que a mais vingativa cliente de meu escritório, arquitetava maldades, às vezes tinha esperança de que tudo houvesse sido um louco engano, tudo se explicaria, tudo voltaria a ser como antes.

Mas quem poderia me dar isso, o meu porto falsamente seguro, não existia mais: aquele que dormia a meu lado há anos, me acolhia em seu abraço, me acalmava quando eu estava nervosa, ria de mim quando eu me achava velha, e manca, e feia, e me abraçava dizendo, vem cá, você é a minha de sempre — aquele em que eu confiara de maneira absoluta agora dormia e ardia com outra mulher em outra cama — e era minha irmã.

•

(As gotas que mantêm um resto de vida pingam como chuva fina e lenta. Nada se move nos cantos do quarto, mas eu sei que algo ali espera a sua vez, lambendo os beiços.)

•

Nunca mais nos encontramos. Me mandava o dinheiro regular para os filhos embora eu não precisasse, saía com eles frequentemente, e dormia com Dália. Confiança, entrega, aconchego, hipocrisia, crueldade, traição, a trama infeliz que tantas vezes se desenrolara no meu escritório, se gravara nos papéis, eventualmente me espantava ou entristecia, pobre gente, bizarras aflições humanas. Agora aquele enredo era a minha história, eu desastrada personagem.

Os dois eram felizes, eram alegres, eram serenos na quase velhice? Deliravam, eram sensuais, quando excitados riam de mim, faziam planos, tinham um futuro que eu não tinha mais?

Eu nunca soube. Desejava ardentemente que não. Roguei todas as pragas, inventei e quis aplicar todas as torturas, ambicionei para eles todos os males, sabendo que não ia adiantar.

E assim eu conheci a morte mais que a morte.

Foi como se todos os espelhos do mundo estivessem cobertos por panejamentos escuros: um luto universal.

Agora eu não era ninguém, nem mesmo uma invenção.

•

Não foi simples, não foi fácil, não me seria dado o presente de me transformar em nuvem, espectro, coisa enfiada atrás de um espelho mágico, correndo feito menina num bosque acolhedor ou nadando nua num imaginado mar sensual. Ali era preciso enfrentar.

O cotidiano rolava com seus pequenos aborrecimentos e deveres, as contas, as dúvidas e as dívidas, e mínimas satisfações que aos poucos foram retornando. Combinar com a empregada a comida dos filhos, ver a roupa deles. (Surpreender-me com uma camisa do traidor no armário, enterrando o rosto nela, aspirando o cheiro familiar que eu tanto tinha amado, que me tranquilizava e me despertava ainda depois de muitos anos, uma sensualidade que eu pensava ter perdido.)

Foi difícil me recuperar. Algumas amigas ou colegas de trabalho vinham, me animavam, sentavam comigo, era um luto, um velório — alguma coisa além de mim como eu me conhecia, ou me imaginava, tinha acabado.

Nessa fase retomei minha velha intimidade com os livros, a sala era forrada deles, muitos eu levava para a Casa do Mar onde ainda passava fins de semana, e às vezes os meninos traziam algum amigo, as namoradas. E fiquei ainda mais ligada ao mar, sentada na pedra mais alta me perdia na contemplação daquele eterno movimento:

— É a respiração do mar — meu avô dizia. — A respiração do mundo.

O fluxo da vida é singularmente persistente: essa voz que chama, chama, e não brota apenas da sombra mas de uma pequena faixa de horizonte.

Sem perceber, num longo, longo tempo eu fui me recompondo.

*

Dália e meu marido não ficaram juntos. O destino dele eu não quis saber, se um de meus filhos tenta comentar eu digo que não quero saber de nada.

— Para mim seu pai morreu. Respeite isso.

Eles respeitavam.

De Dália tinha vagas notícias, envelhece tristemente, sempre com algum garotão ao lado. Mora com nossa mãe que ainda a idolatra e desculpa.

Dália não se importa com nada.

E eu não me importo com ela.

Mudei muito, mudei.

Estou mudando.

Minha perna voltou a me incomodar. Ou eu voltei a pensar nela.

Evito olhar demais no espelho.

•

As afogadas balançam ao movimento no alto, pés enredados nas algas; de suas bocas abertas saem borbulhas como palavras. Como beijos? De seus olhos escorrem lágrimas que formam a água salgada, li isso em algum poema perdido na memória. Nem sonho nem passado me ajudarão.

A realidade não existe, Vovinha?

A Casa do Mar existe, resiste, às vezes fico lá por alguns dias. Nunca mais escutei as vozes que falavam comigo quando eu não conseguia dormir. Mas as mágoas e as memórias, essas falam sem parar. Movem-se pelos cantos, pelos quartos, no pequeno jardim malcuidado atrás da casa. Dores do presente e figuras do passado, quebra-cabeças que nunca vou conseguir compor, tudo desencaixado, peças flutuando como balões sem rumo.

Vai ver, o mundo real era aquele onde criei Dolores. Os outros, os de fora, os da vida, apenas imitam seus gestos, emoções e pensamentos, e agitam braços e pernas conforme o desenho que alguém esboça.

•

O que diria meu ex-marido se eu também o convocasse para aqui falar? Que a vida estava demais desinteressante?

Que eu demais me dedicava ao cotidiano, e ele teria curtido alguém mais sonhador, mais misterioso, um pouco menos banal — embora sempre dissesse que era um homem banal e gostava do simples e descomplicado.

Quem sabe aquele arrefecimento do fervor na nossa intimidade não era natural, normal num longo convívio, e ele sentisse falta daquela que fui no começo, mais sensual, mais atrevida como nos nossos primeiros tempos?

Quem sabe faltou falar, falar, falar, não no cotidiano, nos filhos, nas contas, mas em nós — porque uma relação de amor mesmo num velho casamento é uma construção que não cessa?

Não saberei, mas o rancor se abranda em mim quando penso que tudo tem seu outro lado, e o pai de meus filhos tinha o seu, que nunca alcancei nem tentei descobrir porque estava construindo uma felicidade que achava ser possível se a gente procurasse, se a gente fizesse tudo certo.

A gente era só eu?

Não passávamos de sombras que vagam.

•

(A onda definitiva acumula energia como um tigre à espreita no nevoeiro, na frente do hospital. Alguém com nome de flor boia na superfície antes de afundar em rodopios de bailarina.)

•

Dália e nossa mãe moravam no apartamento que Vovinha tinha lhes deixado, a casa da minha infância fora vendida, tudo era mais prático assim. Eu às vezes tentava organizar um pouco o cotidiano delas, a vida, o dinheiro, mas apesar de seus desatinos Dália tomava conta de tudo, nada a fazer. E com ela eu não me encontrava.

Nossa mãe morreu depois de uma breve doença, durante a qual cuidei muito mais dela do que minha irmã, ausente ou trancada no quarto. Não quis deparar com ela nem no velório, assim fomos em horas diferentes, e ao enterro eu não fui. Minha mãe continuava, na morte, com os cantos da boca baixados num ar de ressentimento pelo que a vida lhe tinha feito.

No velório uma vizinha que seguidamente tinha lhe feito companhia me confidenciou que até o fim minha mãe tinha guardado no armário algumas roupas de meu pai e, embaixo da cama, seu pobre par de chinelos velhos.

— Como ela o amava — comentou, olhos marejados. — Deve ter sido uma mulher muito dedicada.

Senti por minha mãe morta uma ternura triste, como a menininha que adorava aquela mãe bonita, queria agradar, queria ser a mais amada, a escolhida — e não era. Tive muita culpa por não ter percebido nela um amor talvez áspero, mas amor.

Como sempre quando alguém morre, era tarde demais.

●

Ao contrário do que as pessoas pensam, uma história não precisa ter começo, meio e fim. Como a vida, as histórias têm idas e vindas e voltas e imprevistos.

Antes mesmo de abrir os olhos e tomar consciência total de que acordei, em muitas manhãs eu sei que o tigre abriu seus olhos, naquele azul-claro de lasca de porcelana, e me observa.

Se eu hoje andar na praia, é possível que, se eu me virar, ele esteja me seguindo de longe. Difícil de ser distinguido naquele jogo de cores e luzes ou sombras, com seu pelo listrado.

(O meu tigre também nada no mar: o meu tigre é assim.)

●

Nas noites do meu desespero convoquei em vão aquela que eu era antes de tudo se dilacerar. Dolores, Dolores, outra parte de mim, se você ainda está ali venha e me ajude. Você que não acredita em nada, não espera nada de ninguém, por isso não sofre, me ensina como se faz. Eu te chamo, volta, volta, me dá o voo, me dá o sonho, me devolve a fantasia de uma vida possível.

Ela, apagada agora, continua se divertindo comigo, com tudo — ou também sangra no escuro sozinha quando todos os brilhos se apagam e só lhe resta a mesma noite minha?

•

Tenho uma grande urgência de voltar: não para a casa que foi minha com marido e meninos, não para a casa de meus pais com poucas árvores no fundo do quintal, mas para a casa de Vovinha onde sempre me senti querida, confortada, e ninguém me achava esquisita por causa de meus devaneios ou minha perninha curta.

— Vovô, vamos nadar até o farol? — perguntou a menina que fui.

Ele deu grandes risadas:

— Não, maluquinha, até lá nem eu quando era moço e forte, e bom nadador, consegui chegar.

Ainda sou boa nadadora. Posso tentar nadar até a ilha, e no meio do caminho deixar que me levem as águas misericordiosas.

Mas não, ainda não.

Nem eu sei bem por quê, mas ainda não.

•

Um homem caminha na praia e imagina que está num barco ao embalo daquela respiração profunda.

Um homem tentou construir uma vida mas ergueu sua torre de solidão.

Uma mulher caminha na praia, tem uma perna mais curta do que a outra, mas mesmo assim avança.

Uma criança inventa uma existência no espelho, porque na miragem se sente mais inteira.

Qualquer pessoa tem a sua história, muitas histórias, mas em geral nunca saberá disso, apenas segue o movimento do tempo e se anestesia tentando ser normal, ser positiva, ser útil, ou ser banal — que alívio ser apenas tranquilamente comum.

●

Quando chego em casa largo a bolsa, ligo a televisão sem olhar, preparo jantar para uma pessoa só, vou para uma cama fria lembrando de quando alguém, ao meu lado, anos e anos e vidas, respirava, ressonava, encostava em mim mesmo quando o fervor sensual tinha acabado mas ainda era bom estarmos ali. Murmurava qualquer coisa dormindo, e me dava aquela infinita sensação de que tudo estava certo. De que tudo era confiável.

E não importavam meu jeito, meu defeito, todo o imperfeito em mim se anulava — era tudo doce por algumas horas.

●

Vovinha me ensinou que tudo tem alma, também os objetos, a natureza. A alma das cadeiras era paciente mas rígida. A das poltronas e sofás era gorda e acolhedora. A alma das cortinas era de nevoeiro, a alma das árvores era o rumor do vento, a das lajes era a batida da chuva.

A alma do mar eram as muitas almas dos afogados, bocas abertas soltando bolhas de espanto, onde estamos, por que ninguém vem nos buscar?

O corredor da casa tinha uma alma enigmática, nunca se sabia o que vagava por ele quando todos dormiam; a alma do jardim eram as grandes magnólias florescendo no inverno, conchas de perfume.

E a minha alma?

Eu, menina complicada mas querendo alegria e amor, com meus sonhos e visões, quem era? Dôda que não era Dolores livre no espelho, mas carne e osso e sofrimento tanto? Ou eu seria só esse corpo desajeitado e dolorido que meu homem amado trocava pelo corpo ainda atraente de minha irmã Dália, a que tinha me feito aquela revelação anos atrás: minha perna defeituosa me concedeù algum tipo de alforria — e agora me roubava o marido, a confiança, a ordem duramente conquistada, a esperança mais que a vida?

Talvez eu tivesse sido a alma da minha árvore dos sonhos, que deve ter sido derrubada dando lugar a um edifício.

•

Meio oculto nas espumas um tigre é incrivelmente perigoso e sedutor. Atrás dele, que cortejo de rostos, de prantos, de delírios, que dor? A majestade dele vara minha alma, fala de inevitabilidade e destino. De decisões nebulosas porque a gente não sabia de nada. Um tiro contra o teto, um anel quebrado, amores perdidos, traição.

Ele espia na sombra, levanta a cabeça poderosa, me encara com seus olhos tão azuis, e diz:

— Vem, vem, vem! Eu te acolho, eu te entendo, eu tenho o remédio final para tudo.

Mas apesar de toda a tristeza eu finjo que não ouvi.

Ainda não, ainda não.

Pois ainda existe a vida.

Nos labirintos em que me perdi e me achei, e tropecei e caminhei de novo, aprendi que ela sob outras formas e figuras quer existir. Reuni em mim as duas que fomos ou que sempre fui, pois todos somos vários, somos muitos. Eu me tornei ela, e a realidade do espelho transbordou aqui para fora.

•

Meus dois filhos se casaram: um não me parece feliz, não teve filhos e logo se separou. Mora sozinho, seguidamente me visita, conversamos sobre muitas coisas, rimos juntos, nos emocionamos. Somos amigos.

Nunca falamos da sua vida pessoal. Mas ele sabe que estou aqui.

O outro me deu três netinhos: dois meninos barulhentos e alegres, e uma menina com o mesmo cabelo ruivo escuro que eu tive um dia. São crianças de uma casa onde reina mais amor do que discórdia, mais alegria que rancor ou sombra. Onde por mais difícil que seja se constrói uma vida.

Nenhuma dessas crianças tem defeito, mas belos pares de olhos atentos e perninhas retas e rijas. O bom aqui no dito real ainda acontece, e dá significado ao que por algum tempo me pareceu não ter nenhum.

— Não tem de querer entender as coisas — sentenciaria minha avó, para quem cotidiano e mistério eram o mesmo difuso território.

Eu hoje responderia:

— Pode ser. Porque a gente nunca sabe tudo, por isso não sabe o que escolher. E não saber pode ser o melhor de tudo.

Talvez eu consiga me descobrir ou me reencontrar em tantos desenhos que esbocei de mim mesma e neles exista algo sólido em que se possa confiar.

Vou reformar a Casa do Mar, que começa a adernar feito um velho barco. Lá vejo as crianças brincando com velhíssimas conchas num grande cesto no canto da sala, ou com máscaras trazidas de muito longe por um marinheiro que me disse que sereias não precisam de pernas.

Quero manter aquele lugar onde me senti feliz nas horas da inocência, de onde enxergo um velho farol que devagar vai entortando, numa ilha que já não precisa de faroleiro. Hoje pouco se fala nele, mas há quem diga que em noites muito escuras se enxerga luz atrás das janelas da casinhola quase em ruínas.

•

Num desses fins de semana minha netinha me chamou:
— Vovó, vovó, vem ver uma coisa, vem logo!
Eu estava preparando a mesa do café da manhã, mas fui ver o que era. A criança apontava encantada para o degrau de cima da escadinha que leva da varanda ao gramado entre a casa e a areia:
— Olha, vovó, olha as conchinhas que eu achei, alguém deixou durante a noite!
Cheguei perto e olhei, sabendo antecipadamente o que eram: conchas bem pequenas arrumadas em formato de peixe.
— Que lindo — eu disse. — Vai ver alguém deixou aí para você brincar. Bota um grãozinho de feijão no lugar do olho, e fica perfeito!
Depois voltei para essas coisas bem cotidianas que conferem alguma normalidade a estes tempos de dúvida, em que não sei a quem devo perdoar, ou anistiar, a começar por mim mesma. Meu ex-marido, esse eu sei que, por enquanto, não posso readmitir entre os meus afetos, nem mesmo distantes.

Meus filhos dizem que ele gostaria de me ver.

Quer falar comigo.

— Falar o quê? Não temos nada que falar. Separados, divorciados, fim da história.

— Mas mãe, falar não custa nada.

— Custa, ah sim. Pode custar uma vida.

Eles não insistiram.

•

Talvez eu não precise saber o que fazer.

Talvez não haja nada para ser entendido.

O mar vai e vem, e vem e vai, e no seu tumulto permanece, enquanto nós humanos lutamos, queremos descobrir, achamos que sabemos — e a um embate de água e espuma tudo se desmancha como se nem tivesse existido. Castelos de areia, bichos formados com conchas e ilusão.

Como dizia a minha Vovinha, isso de realidade é bobagem: cada um inventa a sua, o avesso pode ser o certo, no espelho pode estar a vida, e tudo aqui fora ser um sonho.

•

(Nada mais goteja. Nada se move, nem um tremer de cílios.

A morte mistura em sua boca sem dentes alegrias e dores; anula o esforço das ondas; traz à tona um outro respirar muito mais profundo, quase imperceptível mas imperioso.

Ele vai prevalecer.)

•

Toda a história humana é complicada.
Nenhuma termina:
as ondas do mar são sempre
as mesmas águas.

•

O paraíso é duro de ser transitado.
As respostas não têm importância.
O amor é difícil — às vezes chega tarde.

•

Nenhum tigre tem olhos azuis.

Este livro foi composto na
tipologia Electra, em corpo 11,5/15,
e impresso em papel off-white 90g/m²,
no Sistema Cameron da Divisão Gráfica
da Distribuidora Record.